探访大灰熊

【美】埃诺斯·米尔斯 著 董继平 译

青海人民出版社

图书在版编目（CIP）数据

探访大灰熊 /（美）埃诺斯·米尔斯著；董继平译. -- 西宁：青海人民出版社，2018.6
（自然物语丛书. 第二辑）
ISBN 978-7-225-05594-7

Ⅰ. ①探… Ⅱ. ①埃… ②董… Ⅲ. ①随笔—作品集—美国—现代 Ⅳ. ① I712.65

中国版本图书馆 CIP 数据核字 (2018) 第 131402 号

自然物语丛书（第二辑）

探访大灰熊

（美）埃诺斯·米尔斯　著

董继平　译

出 版 人	樊原成
出版发行	青海人民出版社有限责任公司
	西宁市五四西路 71 号　邮政编码：810023　电话：（0971）6143426（总编室）
发行热线	（0971）6143516 / 6137730
网　　址	http://www.qhrmcbs.com
印　　刷	陕西龙山海天艺术印务有限公司
经　　销	新华书店
开　　本	850 mm × 1168 mm　1/32
印　　张	9.125
字　　数	110 千
版　　次	2018 年 10 月第 1 版　2018 年 10 月第 1 次印刷
书　　号	ISBN 978-7-225-05594-7
定　　价	34.00 元

版权所有　侵权必究

埃诺斯·米尔斯

总　序

董继平

　　自从人类创造出文字以来，自然就频频出现在字里行间：起伏的群山、连绵的森林、奔流的江河、辽阔的草原、静谧的湖泊、变换的季节、习性各异的动物和千姿百态的植物……由此，自然成为世界文学史上一个永恒的主题，千百年来，由自然产生的杰作不在少数，那些名篇佳作或天马行空，或流光溢彩，或细致入微，影响甚大且余音不绝，这个传统一直延续至今。在中国，至少有两部世界级的自然文学名著深深地影响过国人：一部是法国博物学家、文学家法布尔（Jean-Henri Casimir Fabre, 1823—1915）所著《昆虫记》，在其中，作者以深入的眼光、细腻的笔触娓娓讲述了昆虫之美，把鲜为人知的昆虫世界活脱脱地展现在读者眼前；另一部是美国诗人、超验主义作家梭罗（Henry David Thoreau, 1817—1862）所著《瓦尔登湖》，在其中，作者用心灵之语向世人述说他的湖畔生活，以及一个思想者、一个隐士融入自然的精神状态。其实，外国优秀的自然文学作品远不止这两部，只不过由于我们长期忽视，未及发现和挖掘而已。

近代自然文学的产生和繁荣自有其根源，绝非偶然。从工业时代开始，人类为摆脱低下、落后的生产力而不断追求现代化，随着这一进程不断加速，自然生态也深受其影响，不断恶化。面对日趋严重的破坏生态的情况，人们更加渴望回归自然的怀抱，以科学、理性的态度去善待大自然。在这种情况下，近代自然文学应运而生。

但在世界自然文学的发展过程中，没有哪个国家像美国一样，自然文学如此发达、如此繁荣，其自然文学成就之大、场面之壮观，在全球可谓一枝独秀，在区区 200 多年的时间里人才辈出、佳作纷呈，形成了群星璀璨的局面。美国自然文学的问世与发展，自有其渊源。当年，与欧洲那片老大陆相比，美洲这个新大陆尚属蛮荒之地，但在 1776 年美国建国以后的那几十年里，工业飞速发展，经济建设突飞猛进，经济实力也迎头赶上欧洲老牌工业国家。可是，正是在那几十年的飞速发展中，美国的现代化进程付出了牺牲自然环境的沉重代价，其自然资源遭到了掠夺性开发，生态环境遭到极大破坏。比如，当年修建的那条横跨美国大陆的铁路，一方面为美国经济的发展做出了巨大贡献，另一方面却让曾经在大陆上到处漫游的野牛加速消失。面对自然环境的日趋恶化，一批有识之士开始为保护自然而积极奔走、大声疾呼，而美国人民也在逐渐认识到日益逼近自己生活的诸多生态问题之后，在19世纪50年代至20世纪20年代这70年间，美国社会兴起了一场声势浩大的自然保护运动，其影响之大、覆盖面之广、持续时间之长，均令世界瞩目。在这场自然保护运动中，一些相关人士著书立说，大力宣传自然生态保护观念，在客观上促成了自然文学的蓬勃发展。此间，不仅大家辈出，而且逐渐形成了美国文坛上"自然文学"这一特殊文体。到了20世纪下半叶，环境保护主义运动在美国达到了鼎盛，同时也在全世界范围内不断扩展，随着这一运动的不断深化，自然文学愈加受到人们关注，并形成了一个庞大的作者和读者群体，这些作家以大自然为写作主题和对象，着重以科学的方式来揭示和探讨人与自然的关系，号召人们走进荒野，倡导人们与大自然建立亲密的联系，保护大自然的完整和野性，呼吁人们以一种更平等、更和谐的方式来处理人类与大自然的关系。

尽管有些文学史家把约翰·史密斯（John Smith, 1580-1631）所著《新英格兰记》和威廉·布雷德福（William Bradford, 1590-1657）的《普利茅斯开发史》认为是自然文学的雏形，但真正意义上的美国自然文学的先驱，当属博物学家威廉·巴特拉姆（William Bartram, 1739-1823）。巴特拉姆也算出身自然文学世家，他的父亲是"美国植物学之父"——约翰·巴特拉姆。威廉·巴特拉姆从小便受家学的熏陶，一边徜徉在父亲的植物园中，一边倾听鸟语，享受花香。从严格意义上讲，威廉·巴特拉姆算得上美国自然文学的第一位大家，在其代表作《旅行笔记》中，他以细致而生动的笔触描述了尚处于原始状态的美国东南部的自然风景，用亲身感受讲述了那里的自然荒野之美。这部著作于1791年问世，便在欧洲引发了强烈的反响，颇得好评，即使像英国的柯勒律治那样的浪漫主义大诗人也对其大加赞赏。最重要的是，他在《旅行笔记》中告诉我们，地球上的一切生物都绝非呆若木鸡，相反，它们都非常聪明："如果留心一下任何动物，就会发现它们的效率高得让人震惊。它们行动前会精心策划，而且富有恒心、毅力和计谋。"这样的观点，无非是要我们尊重自然和自然中的生命。

当然，美国自然文学的先驱不止巴特拉姆一位，还有亚历山大·威尔逊（Alexander Wilson，1766-1813）和约翰·詹姆斯·奥杜邦（John James Audubon, 1785-1851）。威尔逊是美国自然主义者，原籍苏格兰，热爱描写和绘画鸟类，自然学家称他为"美国鸟类学之父"。他的9卷描述鸟类的著作《美国鸟类学》（1808-1814）配有彩页，比另一位先驱奥杜邦的著作早近20年。在北美大陆上，有数种鸟类是以他的名字命名的，例如威尔逊鹟和威尔逊鹬。而约翰·詹姆斯·奥杜邦是美国著名画家、博物学家，原籍法国，他绘制的鸟类图鉴被称为"美国国宝"。他一生留下了无数画作，他的每部作品不仅是科学研究的重要资料，也是不可多得的艺术杰作。他出版了《美洲鸟类》和《美洲的四足动物》两本画谱，其中《美洲鸟类》被誉为"19世纪最伟大和最具影响力的著作"。他的作品对后世野生动物绘画产生了深远的影响，同时，在广大读者中也有着很大的影响力。

但真正形成团体，投身于自然文学的作家，则是美国文学史上那批著名的超验主义者。超验主义的领袖拉尔夫·沃尔多·爱默生（Ralph Waldo Emerson, 1803–1882）在他那篇著名的《论自然》中提出了他对自然的观点；他不仅认为"自然是精神之象征"，还认为"我们从自然中学到的知识，远远超出我们能够任意交流的部分"，对后世影响甚大。而超验主义的另一位主将亨利·大卫·梭罗（Henry David Thoreau, 1817–1862）则更是身体力行，他在爱默生的影响下深入自然，一个人来到寂静的瓦尔登湖，搭建起小木屋，把自己的灵魂寄托在湖泊和山林之中。那时，他或在荒野中散步，或在树林中观察，或在湖畔沉思，悠然地描写自然之美，同时把人与自然的关系都隐没在那些朴素的文字中。根据《美国遗产》杂志1985年的一项调查显示，在"十本构成美国人性格的书"中，梭罗的《瓦尔登湖》位居榜首，可见其影响之大。除了《瓦尔登湖》，梭罗还有许多涉及自然的散文和日记，他用淡淡的笔调娓娓倾诉自己的自然情怀，比如他的长篇散文《秋色》《散步》等便是这方面的杰作。爱默生和梭罗自不待言，在超验主义阵营中，还有一位中国读者几乎都不知道的女作家——玛格丽特·富勒（Sarah Margaret Fuller, 1810–1850），作为这个阵营中的女性佼佼者，她在一个寂静的夏天摆脱了尘世喧嚣，把自己的灵魂彻底浸入一湖湛蓝的水中，以优美的笔调写下了一部自然散文集——《湖上夏日》。而在同一时期，大诗人惠特曼亦深受爱默生的影响，除了充满泥土味的《草叶集》，他的散文集《典型的日子》也体现了自然之灵，尽管这部作品以日记的形式写成，但字里行间让作者那种静静观察、倾听、体验自然的形象跃然纸上。

在 19 世纪的最后二十年里，美国自然文学界出现了两位大师——"两个约翰"："鸟之王国中的约翰"——约翰·巴勒斯（John Burroughs, 1837—1921）和"山之王国中的约翰"——约翰·缪尔（John Muir, 1838—1914）。"两个约翰"分别奔走于美国东部和西部，为建立和谐的自然秩序而不懈努力。巴勒斯是博物学家、鸟类学家，生活在东部的卡茨基尔山区，擅长描述鸟类生活，各种鸟儿在他的文字中栩栩如生，被誉为"美国乡村的圣人"。缪尔则是地质学家，也是一个永远在路上的行走者，这位"美国国家公园之父"以描写美国西部山区风景见长，山峦与森林在他的笔下熠熠生辉。"两个约翰"著述颇多，成就巨大，对美国乃至世界的环保思想产生了深远的影响。稍后的女作家玛丽·奥斯汀（Mary Austin, 1868—1934）则独辟蹊径，她避开自然文学中通常描写的山水，深入美国西南部沙漠地区，以女性细腻的笔触向人们展示了荒漠之美与灵性。19 世纪至 20 世纪之交是美国自然文学的一个高峰，许多作家和博物学家纷纷投身于自然文学创作，就连西奥多·罗斯福——老罗斯福总统那样的政治家也热爱自然，客串了一把作家，推出了好几部具有影响的著作。

到了 20 世纪上半叶，美国自然文学似乎有些沉沦，这是因为两次世界大战战火纷飞，让人们的关注点转向了社会问题，无暇顾及自然生态，因而此间自然文学大作相对不多。然而到了二战之后的 20 世纪中期，美国又出现了两位极有影响力的自然文学作家：奥尔多·利奥波德（Aldo Leopold, 1887–1948）与蕾切尔·卡逊（Rachel Carson, 1907–1964）。他们本来并非文学家，职业也与文学无关，但日益严重的自然生态问题赋予他们向公众宣传保护自然的重大责任，这才动笔写起书来。奥尔多·利奥波德本来是林业学家、生态学家，长期致力于土地研究，其代表作《沙乡年鉴》在 1949 年他去世后才得以出版。这部著作的文笔异常优美，富有诗意，向读者完整地传达自己的土地伦理观，引起各方面的重视，成为美国自然文学史上的一个里程碑。蕾切尔·卡逊是海洋学家，于 1962 年出版了《寂静的春天》一书，在其中，她以通俗的语言向公众揭示了现代文明进程对生态环境造成的恶果，对近半个世纪以来美国人的自然生态观念产生了巨大影响。

从 20 世纪六七十年代到现在，美国的环境保护运动已沉淀为一种观念，自然文学也不断深入、扩展，呈现出百花齐放的繁荣局面，景象纷纭，作家众多，作品不断且各具特色：爱德华·艾比（Edward Abbey, 1927–1989）的《大漠孤行》（*Desert Solitaire*）、玛洛·摩根（Marlo Morgan, 1937– ）的《旷野的声音》（*Mutant Message Down Under*）、约翰·海恩斯（John Haines,1924–2011）的《星·雪·火》（*The Stars, the Snow, the Fire*）、巴里·佩洛斯（Barry Lopez, 1945– ）的《北极梦》（*Arctic Dreams*）、杰克·贝克隆德（Jack Becklund）的《与熊共度的夏天》（*Summers with the Bears*）……

自然文学几乎均以散文写成，有抒情，也有叙事，语言流畅、精彩，情节引人入胜，适合大众阅读，这也是它长盛不衰的主要原因之一。

此外，它还有一个引人注目的特点，那就是其作者也许并非专业作家，大多是博物学家、环境保护主义者甚至还有政治家，他们写下的文字几乎都是作者亲身经历的，绝非道听途说或虚构的作品，均为可读性和故事性极强的散文，同时又融文学性和科普性、知识性和趣味性于一体，深受读者喜爱。

10余年来，随着国人对自然的认识逐渐提高，自然环境保护在中国也得到一定的发展和深化，在这种形势下，也出现了一些所谓的"自然文学"，但在我看来，目前中国的"自然文学"不过是一种噱头而已。首先，国内很多地方的自然生态早已遭到难以复原的破坏，缺乏真正完整的生态链——即使有森林，林中也早已没有大型动物——人类毫不留情地占据了野生动物的生存空间。因此，真正意义上的"自然环境"仅存于少数极其偏远的地区，难以前往。其次，许多作家即便写下一些关于自然的文字，也往往是应邀之作，并非自发而为之，缺乏对自然的深层次体验。因此，写出来的作品虽然涉及自然，却仅仅是触及皮毛的表象之作——这也反映了目前国内的一种错误观点，即涉及自然的文字便是"自然文学"。大多数中国作家往往缺乏独居山林的勇气和耐心，不会像梭罗那样把身心沉浸在静谧的湖水中，或在山林间漫步，长时间观察一棵树、一片叶子在秋天如何变黄或变红，或在田野上品尝不同的野果，接受造物主对人类的馈赠；更不可能像美国"落基山公园之父"埃诺斯·米尔斯那样，在长达20年的岁月里，数百次往来于山林间，或在山间小木屋观察屋檐上的那窝小蓝鸲，或在林间溪畔追踪转移巢穴的丛林狼，或在群山深处拯救遭遇不幸的幼熊……

自然文学在国外走得早，也走得远，自然及自然文学类作品非常发达，虽在国内有一些介绍，但其深度和广度均不够，仅就美国自然文学而言，目前已经介绍到中国的作品不过寥寥可数。《自然物语丛书》的宗旨就是填补这一空白，计划收入那些在中国未曾出版过的颇具收藏价值的外国自然文学作品（以自然文学大国美国为重点），突出作品的原创性、故事性、科普性和可读性，它们既是文笔优美的文学作品，又是趣味性极强的科普读物，对于加深中国读者对自然的认识肯定有莫大帮助。目前，国民对自然兴趣正浓，绿色环保和认识自然也作为基本知识进入了大、中、小学课堂。不过，多数人对自然的认识还停留在初级阶段，或不得要领，还存在着很大的局限性和片面性，因此阅读自然文学作品就成为帮助人们重新认识自然最主要、最有效的方式之一。《自然物语丛书》恰好能满足广大国民在这一方面的需要，帮助他们加深对动物、植物、季节及山川风物等自然细节的认识。出版《自然物语丛书》的主要目的，借用美国自然文学家巴勒斯的一句话，就是："我的书不是把读者引向我本人，而是把他们送往自然。"更重要的是，《自然物语丛书》行文流畅、内容有趣，融故事性和科普性于一体，老少皆宜。

　　我相信，在正处于经济飞速发展，生态环境不断恶化之后又逐渐得到重视和解决的中国，优秀的自然文学读物对于协调人与自然的关系将具有积极的意义。

2016 年 6 月于重庆云满庭

"落基山国家公园之父"
埃诺斯·米尔斯的自然探索记

董继平

  在从 19 世纪末到 20 世纪初的那段美国近代史上，一批有识之士为保护美国的自然生态和自然资源而四处奔走、大声疾呼，为不少国家公园的建立立下了汗马功劳。他们长期深入某一地区的自然环境中进行探索、调查、研究，独具慧眼地认识到了当地自然生态的价值，并坚持不懈地奔走、疾呼，说服政府采取行之有效的措施，以建立国家公园的方式来保护当地生态。而政府也审时度势，陆续采纳了他们的建议，先后建立了一大批国家公园，尤其在美国第二十六任总统西奥多·罗斯福推出了一系列保护国家自然资源的政策之后，美国的国家公园便如雨后春笋般地涌现出来。可以这么说，正是这些有识之士的不懈努力，才使得当今美国的自然生态系统（尤其是在当年建立的那些国家公园内）保护得极为完好，他们为此做出了不可磨灭的贡献，从而成为某个或某些国家公园的创始人。而在他们为保护自然生态积极奔走、疾呼的同时，他们还在长期探索山野的过程中颇有心得，著书立说，并传诸后世，其自然作品和理念对后来的好几代美国人及美国的环保政策都产生过巨大影响，在这个方面，他们可谓功不可没。

在这批人当中，有大名鼎鼎的"美国国家公园之父"、地质学家、自然文学家约翰·缪尔（John Muir, 1838–1914）——他为保护约塞米蒂山谷而呕心沥血，为建立美国国家公园体系做出了杰出的贡献，当然也有"落基山国家公园之父"埃诺斯·米尔斯（Enos Abijah Mills, 1870–1922）——这位博物学家、自然环境保护主义者、自然向导、作家，尽管在中国还不太出名，但他毕生为保护以朗斯峰为中心的落基山生态环境而做出的种种努力，却一直被美国人所铭记和津津乐道。而且，他写下了许多行文优美的自然著作至今流传于世，为人们所广泛阅读、谈论、评说。

1870年4月22日，埃诺斯·米尔斯生于堪萨斯州东南部的普莱森顿，早在他出生之前，他的父母就在表亲的陪同下拜访并了解过科罗拉多，后来才回到堪萨斯。米尔斯年幼时，他的母亲便给他讲过很多关于科罗拉多的故事，因此他对那里的自然和人文也就有了充分的了解。但在米尔斯的少年时代，他不幸患上了严重的消化功能紊乱症，当地医生根本无法医治，但他们认为，在不同的气候环境中生活，可能有助于他康复，因此，他在 14 岁时便独自前往科罗拉多州的落基山区，从日常食谱中排除了以前经常食用的小麦，最后他的消化功能紊乱也就渐渐好了起来。

此时是 1884 年至 1885 年的冬天。米尔斯来到科罗拉多的避暑地——埃斯特斯公园，当时，游客已经开始涌入这一地区。在埃斯特斯公园以南大约 14.5 公里之处，在一个叫作"朗斯峰谷"的地方，米尔斯安下了家。他在野外建造了一座小木屋，可以让他随时欣赏朗斯峰壮丽的景色。夏天，他为亲戚工作，带领游客游览整个山谷，还带领登山者攀登海拔 4345 米的朗斯峰。自从他 15 岁第一次攀上朗斯峰，他就对这座山峰产生了特别深厚的感情，并对当地的地形、气候等自然条件了如指掌，因此，无论他在什么天气中前往顶峰，都能安全地返回。在那些岁月里，他要么独自一人，要么作为自然向导带着游客，先后攀登朗斯峰多达 297 次。

但是到了冬季，埃斯特斯公园就游客寥寥，为了维持生计，米尔斯便前往蒙大拿州的布特，在那里为阿纳孔达铜业公司工作，由于他努力、刻苦，使得他一路升迁至工厂工程师。随着 1889 年冬季的临近，一场突发的火灾使得铜矿公司停工、关闭，因此他干脆前往旧金山游历，在那里与"美国国家公园之父"、著名自然文学家约翰·缪尔不期而遇，并从此与之结下了深厚的友谊。当时缪尔正积极投身于自然环境保护运动，缪尔执着的精神深深地感染和鼓舞了米尔斯，在缪尔的影响和鼓励下，他便开始"以一种让其他人相信他们见过的方式"来描写自己在科罗拉多的所见所闻。对此，米尔斯这样回忆："如果不是因为他（缪尔），我可能只是个吉普赛人"——只是漫游者而不是作家。不过，他确实也到处漫游，在接下来的 10 年中，他频频前往美国西海岸、阿拉斯加州和欧洲旅行，广泛的游历让他增长了见识，拓宽了眼界。但最终，他还是回到落基山，让自己安顿下来进行写作，同时致力于环境保护活动、举办自然讲座，向公众宣传自然环保理念——在这一点上，米尔斯和缪尔极为相似：落基山之于米尔斯，正如加利福尼亚的群山之于缪尔。

1902 年，米尔斯从蒙大拿州回到科罗拉多州，从表亲手中买下了位于埃斯特斯公园内的"朗斯峰山居"。他还在周边土地上置办地产，最终把"朗斯峰山居"变成了"朗斯峰客栈"。但在 1906 年，客栈不慎毁于火灾，但他很快就从废墟中重建了客栈，并使其远近闻名。他时常在这里款待客人，带领他们深入荒野探索，到了晚上，他则和客人们围坐在篝火旁，进行关于自然的对话……更重要的是，他还开始培训其他人成为自然向导。根据他的女儿爱德娜回忆，培训自然向导是米尔斯的一项重要的工作。在此之前，还没有人正式培训过自然向导，米尔斯通过这样的行动，来扩展他对大自然的热爱。有趣的是，他早期培训的一个向导伊瑟尔·伯内尔，留下来担任他的秘书，并与他产生了感情，后来在 1918 年 8 月，两人结为伉俪，不久便有了一个孩子——女儿爱德娜。

在 1902 年至 1906 年间，米尔斯担任了"科罗拉多州雪量观察员"，这份工作使他能够深入他所热爱的荒野，在工作的同时领略大自然的魅力。他当时的职责是在冬天测量山区积雪的深度，以便预测春天和夏天的雪山融水量。他在这个职位上干了几年之后，时任美国总统的西奥多·罗斯福便任命他为"政府林业演讲员"，在1907年至1909年间，他先后做过2118场演讲，在他那或高昂或低沉的嗓音中，他努力唤醒人们保护自然的意识，激发人们对树木、野生动物保护和户外探险的兴趣，还呼吁他的听众要"率先观赏美利坚"，敦促政府改善他所谈到的那些风景场地的交通路况。此外，他还发表和出版了诸多关于自然和埃斯特斯公园地区的文章和书籍。

在1915年之前，米尔斯一直都在不断努力，坚持领导朗斯峰的居民呼吁政府尽早把朗斯峰周边地区辟为国家公园。为此，他四处奔走，不遗余力地敦促美国政府尽早建立落基山国家公园。他的努力得到了由缪尔创办的美国最重要的环保组织"塞拉俱乐部"和"美国革命女儿会"等团体的鼎力支持和帮助，最终他的努力获得了成功——1915年1月，美国国会终于批准建立落基山国家公园，米尔斯也因此被人们称为"落基山国家公园之父"。可以说，正是在他的力促之下，落基山国家公园才得以建立、开张、广迎游客。

此后，米尔斯还奔赴美国各州发表演讲、举办讲座，大力呼吁人们对自然和野生动物进行保护，并以自己的经历为线索，写下了诸多涉及自然和环保的著作。但可惜的是，他在纽约地铁的一次事故中不幸受伤，折断了两根肋骨，肺部也被刺穿，这样的伤势，再加上他长期的操劳，积劳成疾，最终于1922年9月21日去世，年仅52岁。

作为博物学家、环保主义者、自然文学家和自然向导，米尔斯不愧为建立落基山国家公园的首要功臣，人们自然不会忘记他。如今，落基山国家公园中的"米尔斯湖",尤其是朗斯峰地区周边的"埃诺斯·米尔斯树丛""米尔斯冰碛""米尔斯冰川"等景点,当然还有如今已被开辟为家庭博物馆和商店的"米尔斯小木屋",就是为了纪念这位自然先驱而命名的。因为他的努力,落基山国家公园注定成为美国风景保护区中最能受人拜访和欣赏的目的地之一。

米尔斯热爱自然,长期生活在落基山区,时常深入荒野漫游,熟悉山野间的山林草木、飞鸟走兽。多年来,他的足迹遍及森林、峡谷、湖畔、山顶,他或在山岭上观察、眺望,或在溪谷中扎营、生火,或在雪地上辨识、追踪动物的足迹……因此,他跟落基山地区的众多野生动物、森林植物、地质地貌都结下了不解之缘。在1905年至1922年间,他把自己在大自然中的诸多经历陆续写成文字,在《周六晚邮报》《乡间绅士,乡间生活》和《美国男孩》等当时发行量极大的报刊上发表了数百篇文章。更重要的是,他还在此基础上汇集成了16部自然文学著作,包括《埃斯特斯公园的故事和导游指南》(1905)、《山野手记》(1909)、《山野魔力》(1911)、《在河狸的世界中》(1913)、《山野奇境》(1915)、《斯科奇的故事》(1916)、《你们的国家公园》(1917)、《探访大灰熊》(1919)、《自然向导历险记》(1920)、《荒野漫游记》(1921)、《在野生动物中间》(1922)、《野生动物家园》(1923)、《落基山国家公园》(1924)、《地质传奇》(1926)、《山野鸟鸣》(1931)等。他的这些作品,本质上融合了科普信息、田野观察和个人轶事,以一种行文更优美、结构更紧凑的形式为读者提供了一种与众不同、别开生面的自然指南。作为最早对美国和欧洲读者深度描述落基山的作家之一，米尔斯在这些著作中以非虚构的笔法，饶有趣味地向读者讲述一个又一个真实的故事，展现了一个不为人知或鲜为人知的自然世界，以及他本人在这个自然世界中的种种际遇，其中既有他越过山岭，沿着野生动物留下的足迹的一路追踪，也有他深入森林，对各种植物进行细致的观察和探究，还有他本人独处于自然之际所产生的种种遐想和思考；既有对某一类动物的深入探访，如河狸与大灰熊，也有对野生动物不同习性的仔细考察，如动物怎样过冬、动物的嗅觉、动物的警惕性和动物的领地意识等。他的描述深入浅出，文笔优美，或洋洋洒洒，或娓娓道来，始终以一个具有磁性的声音对读者讲述自己在野外与大自然的亲密接触和体验，让人读来倍感亲切。在美国，他的自然文学著作影响过好几代人，至今还是人们认识自然，尤其是认识落基山地区的重要媒介，因此堪称"落基山自然百科全书"。

更为重要的是，作为美国早期环保主义者之一，米尔斯在字里行间始终流露出了一个强有力的声音，那就是人类对自然环境的保护已刻不容缓。他呼吁政府进一步采取措施，尽快建立更多的国家公园，并扩大现有的国家公园，以便将那些业已遭到人类活动——过度放牧、伐木、开矿等活动侵蚀的风景区统统纳入保护范围。不仅如此，他还从经济学和社会公益性等方面着手，进行了深入细致的分析和苦口婆心的劝导。比如，他在经过详细对比之后，颇具远见地提出：畜牧业和伐木业等只是低端产业，所带来的经济效益很低，却对自然环境的破坏极大、贻害无穷；而把风景场地变成国家公园，大力开发旅游业，则要高端得多——这样的话，不仅会留住山野的美景，还会吸引络绎不绝的游客，更会带动当地和周边的交通运输、餐饮、农业等行业的迅速发展，使之大大受益。他这样呼吁："拯救我们的最佳风景，就是拯救人类状态和人性……风景是我们最高贵的资源……"米尔斯在那个时代就提出了这样的观点，不能不说具有远见卓识。

《探访大灰熊》是米尔斯的主要作品之一。全书由15篇自然随笔组成，篇什一般在5000～8000字之间，共10万余字。这部作品主要集中叙述了作者深入落基山区，在山野间漫游时对北美最大的陆地野生动物——大灰熊进行探索的种种经历和真实的奇遇：大灰熊在荒野中生活，由于人类的不断进逼而变得机智，面对突发事件，它们始终会用智力来应对，屡屡逃脱危险；大灰熊母子之间充满亲情，大灰熊母亲抚育幼大灰熊，为保护幼大灰熊而跟敌人进行殊死搏斗，幼大灰熊自小喜欢模仿母亲，从而提升今后独自生活的能力；深入探索大灰熊的家园，记录大灰熊跟家园的生死相依和对家园的热爱、依恋和利用，在自己的领地上来回奔走，避开种种危险；对大灰熊进行观察和探访，调查它们的觅食生活，记录各地的大灰熊对不同食物的偏爱——或以植物，或以昆虫，或以鱼类为主食；观察大灰熊在皑皑的白雪中利用有利条件，在各种巢穴中进行漫长的冬眠，以及冬眠前后的情况；在大灰熊母亲惨遭射杀后，作者收养母大灰熊所留下的两个遗孤，并将其抚养长大，在幼大灰熊的成长过程中，妙趣横生；山野间，为了观察和拍摄大灰熊，对一头名叫"老林木线"的大灰熊进行了长久的追踪，而对方屡屡巧妙地脱离接触，逃脱追踪，还反过来尾随追踪者；作者深入大灰熊出没之地，对其喜欢嬉戏的特性进行了细致的观察，描述了大灰熊在山溪中玩弄木头、在雪坡上滑雪、试图捕捉自己的影子等种种嬉戏行为；面对步步逼近、蚕食其栖息地的人类，大灰熊表现出较高的智力，与人类斗智，其中少数大灰熊以狡猾的方式攻击人类饲养的牲口，却屡屡逃脱人类的追捕；大灰熊对不同寻常的新事物始终充满好奇心，以至于时常到达忘我的状态，而这一特性往往会使它面临危险；大灰熊不会主动攻击人类，但在面对迫在眉睫的危险、被逼上绝路或者认为被逼上绝路的时候，它会毫不犹豫地奋起抵抗、自卫；一些大灰熊从小在人类身边长大，很通人性，成为人类忠实的伴侣，或终身为人类服务，或最终回归自然；在白人来到美洲大陆之后，大灰熊面对猎人、猎枪和猎犬，以及后来的国家公园和游人及其产生的垃圾时，让自己重新调整，以便适应新环境；对大灰熊的起源、演变、进化、颜色、体型、种群、分类、特征等进行了多方面的描述，以及学界对大灰熊的认识。最后，面对数量日益稀少的大灰熊，作者列举了众多事实，呼吁人类应该竭尽全力保护大灰熊。难得的是，在所有这些篇什中，作者把一个个相关的故事穿插在对大灰熊不同习性的描述中，情节精彩纷呈，读来妙趣横生。

　　这是米尔斯作品在中国的首译。我相信，这些渗透了作者对大自然的深厚情感的文字，这些并非虚构的真实故事，对于当今的"美丽中国"具有十分重要的借鉴意义，不仅能让国人了解到大自然中鲜为人知或不为人知的种种细节，更能唤醒和提高他们对自然保护的意识。正如米尔斯本人曾经说过的那样："我生活的主要目的，就是要激发人们对户外世界的兴趣。"

那么就让我们出发,跟着米尔斯的脚步上路吧,去往山岭,去往森林,去往溪流,去往草原,去往大自然!

2018 年 3 月于重庆云满庭

探访大灰熊

第1章	荒野中，那些机智的大灰熊
第2章	荒野母子情
第3章	探寻大灰熊家园
第4章	大灰熊漫游的觅食生活
第5章	漫长的冬眠纪事
第6章	大灰熊遗孤收养记
第7章	徒手追踪大灰熊
第8章	大灰熊在山野嬉戏

探访大灰熊

第 9 章　追捕狡猾的大灰熊

第 10 章　好奇的大灰熊

第 11 章　自卫的大灰熊

第 12 章　大灰熊与人相伴的故事

第 13 章　面临新环境的大灰熊

第 14 章　大灰熊种群的故事

第 15 章　保护大灰熊

第 1 章　荒野中，那些机智的大灰熊

Grizzly Sagacity

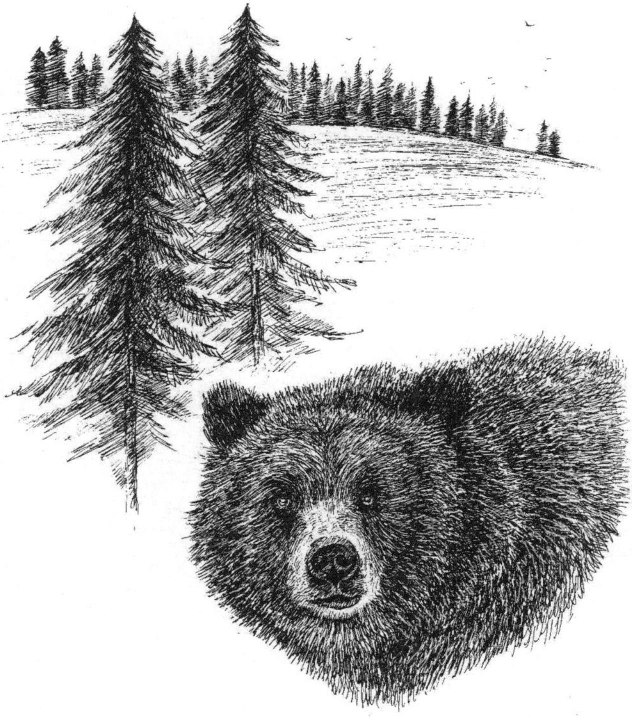

山坡上，一头大灰熊在挖掘，像人一样小心翼翼地堆积石头，以防其滚落。为了给一头大灰熊拍照，三个人从不同的方向合围，试图偷偷接近它，但最终都无功而返。大灰熊用自己的聪慧来应对突发事件：一头幼大灰熊为保护美食不被大灰熊抢走而转移对方的注意力，另一头幼大灰熊则利用石头把鱼从罐头中敲出来……大灰熊始终警惕，即便是面对唾手可得的美食，也要先探测周边环境，以免遭到伏击。一头机警的大灰熊在荒野中来来往往，忽东忽西，最后甩掉了追踪者。少数大灰熊频频杀戮牲口，但在人们穷追之下行踪飘忽不定，安然生活了很多年。面对狼群的追逐，大灰熊奋起抵抗，频频毙伤多个对手，但面对人类，它则多半明智地选择避开……

一头大灰熊屡屡摆脱我们的追踪

一个秋日，正当我观察一只小鼠兔（cony）为过冬而忙碌地堆积干草之际，突然传来一阵岩石撞击的滑动声，这引起了我的注意。原来，就在我对面的山坡上，也许有 90 米之遥，一头大灰熊（grizzly）正在一堆巨大的岩石滑屑中挖掘什么。它干劲儿十足地挖掘，从那个洞孔中猛然掷出一些石板，顺着山坡滚落下去。与此同时，还有一些石块被不断挖出来，扔在左右。我无法辨明它究竟在寻找什么，但我猜测，它很可能在挖掘花白旱獭（woodchuck）来果腹。

一会儿之后，它就直立起来，我只看得见它在那堆散落的岩石滑屑上露出肩头。然后，它就开始把那些石头堆积在不断加深的洞口边缘。那个山坡很陡，为了防止那些石头滚落回洞孔，它不得不小心翼翼地将其堆积起来。它把一块巨大的石板举起来放到恰当的位置之后，还伫立着看了看那块石板片刻，然后微微改变了石板的搁放位置。在这块石板的顶上，它又搁放了另一块大石头，仔细地注视了一下，将它摇了摇，看看是否牢固，最后还将其稍稍挪动。从远处望去，若不是它穿着一件大灰熊的外衣，人们很可能还以为这个热切的洞孔挖掘者是一个强劲有力、小心仔细、深思熟虑的人呢。

大灰熊智慧的敏锐、对智力罕见的应用，在我的一场摄影经历中给我留下了深刻的印象。当时，我和另外两个年轻伙伴认为，我们能够近距离拍摄到一头年迈的大灰熊，因为它就在我们附近往来漫游。于是，我们分别从3个相隔甚远的地方进入它的领域，一致朝中心推进，我们希望无论怎样都有一个人能够偷偷接近那头大灰熊，要不然它会在逃跑时接近我们当中的某个人。

很快，其中一个男孩就惊动了那头大灰熊，它开始逃跑。那头大灰熊显然在800米开外就闻到了他的气味，便朝我这边跑过来，但就在距离我大约1600米的时候，它发现了我的存在，便转身跑出十来公里，撤退到它的领地中一个偏远的角落。在这次撤退中，它距离那两个伙伴也远在3200米之外，根本不曾靠近他们。

我们意识到那头大灰熊避开了我们，大家就稍稍分开，朝着它一路推进过去。但它并没等着被我们逼入一道峡谷。那一天很晚的时候，我们沿着它那迂回曲折的足迹而追踪，发现了它的运动轨迹。不过，我们懊恼地得知，它在峡谷中扭头往回跑，朝我们这边跑了一段路程，然后就爬上一道较高的山岭，它在那里能够打探四面八方的动静，当我们在它的下面走进一道青草丛生的山谷的时候，它显然还观察着我们。而在我们进入较远处的树林之后，它就从山岭上下来，走向那道山谷。接下来，最令人吃惊的转折就来了：它并没有朝着相反的方向逃走，而是紧紧跟在我们的身后！而到我们发现这一切的时候，天色已晚，那头大灰熊也消失得无影无踪。就这样，这头大灰熊有了一次冒险。

难道那头大灰熊知道我们没带武器？无论如何，它都采用了同样的策略。总之，它轻而易举地避开了我们，还跟踪我们的行踪，说不定对我们的努力付诸东流还沾沾自喜呢。

面对唾手可得的盛宴，大灰熊格外警惕

在动物界，若论脑力，我要把大灰熊排在第一位。大灰熊的智力领先于马、狗甚至灰狼（gray wolf）。它具有本能反应，但也拥有推理的能力，它那始终机警、发育得令人吃惊的感官不断给大脑提供信息，而它也聪明地利用那些信息。它的嗅觉很敏锐，它的耳朵能听到微弱的声音，不断侦测周边动静，担当起哨兵的职责。它的感官不仅能准确地接收到远方传来的各种无线信息，还能正确地定位。

在大灰熊的日常生活中，它做出的计划和深谋远虑似乎无处不在。它有煞费苦心的天赋，始终处于机警状态，用智力来应对

各种突发事件。在下面这些案例中，大灰熊就用它那敏锐的心理过程给我留下了深刻的印象，让我久久不能忘怀。

一头大灰熊幼仔在黄石公园（Yellowstone Park）发现了一块火腿皮——对于大灰熊，那可是珍贵的美食。正当那个小家伙要把火腿皮拿起来放进嘴里时，却不料一头大灰熊突然出现了。那个小家伙见状，便立即丢掉火腿皮，并一屁股坐在上面，假装观察树林边的什么东西，好像还颇感兴趣，以此转移那头大灰熊的注意力。

有一天，另一头大灰熊幼仔在黄石公园发现了一听罐头，罐头的一端是开着的，里面装满了鱼。它用前爪把罐头举起来，窥视里面，然后又故意把罐头颠倒过来摇了一摇，却没有摇出什么来，于是它又摇了一阵，但还是一无所获。然后，它就像你和我都可能干的那样继续行动：把罐头放在地上，让开启的那一端朝下，用一块石头捶击罐头底部，直到里面的鱼掉出来。

有一天，在一个动物园，一头大灰熊很想得到的一块压缩饼干不慎落入了一只黑熊之手。那只黑熊将饼干浸泡在水里，然后咬了一口，但显然饼干还是太硬了，于是它再次将其放进水里。在浸泡饼干的时候，那只黑熊注意到了别的东西。就在黑熊没有看着饼干的时候，那头大灰熊站在池潭较远的一边，用一只前爪搅动水，想让饼干随着波浪开始朝自己这边漂过来。但就在波浪触及黑熊的那一瞬，黑熊立马四处环顾，看见那块宝贵的饼干正在迅速漂走，便赶紧伸出爪子把它抓住，放到池底，还用一条后腿踩在上面。

这一幕多像人类的心理过程！

有一天，在科罗拉多的北部公园（North Park），我偶然遇到了一头刚刚被狼群猎杀的牛的尸体。那具牛尸躺在青草丛生的开阔地中，柳树丛环绕在四周。我知道附近有大灰熊在觅食，便爬到旁边一棵结实的松树上，骑跨在它那坚固的顶端，希望看见一头大灰熊会前来享用。果不其然，到了日落时分，一头大灰熊就慢吞吞地走了过来。

当它走到距离牛尸大约30米之处，便停了下来，只见它直立而起，两只前爪松弛地下垂，观望、聆听，还用鼻子小心翼翼地嗅闻空气。这头大灰熊永远都警惕着，似乎感到始终都有人在追逐自己。由于空气没有流动，我就感到它无法嗅到栖息在树端的我。可是，就在我此前绕行开阔地的地方，我留下的气味迟迟不去，让它微弱地闻到了。于是，它开动所有敏锐的感官探测了一两分钟，才放下前爪，缓慢而无声无息地朝着柳树丛推进。

在一些可能有埋伏的地方，这头大灰熊显得格外警惕。它并不是胆小鬼，但它也并不打算莽撞地陷入麻烦。在距离那场等待它的盛宴大约9米的范围之内，它加倍小心谨慎，以防遭到突袭和伏击，便绕着牛尸而行走。然后，它偷偷摸摸地走向一丛浓密的柳树边缘，紧接着就发出一声可怕的咆哮冲了进去，却又立即在另一边跳了出来，准备好冲向任何可能从柳树丛中冒出来的东西。但没有什么东西冒出来，它直立着，绷紧了每一块肌肉，摆出一副期待的姿态等了片刻。然后它又继续冲击、咆哮，穿过另一丛柳树，接着又穿过一丛柳树，直到查清牛尸周围的每一个可能有隐藏之物的地方，才作罢。它没有发现敌人，这才终于走向牛尸，开始享受盛宴。

它大快朵颐了几分钟之后，就突然站起来咆哮，沿着我留下的踪迹嗅闻了好几米远，又发出几声威胁的咆哮。由于大灰熊无法爬树已成为自然史上的事实，这就让我感到很安全。然后，这头大灰熊回到牛尸身边，继续大快朵颐，最后还把杂草和废物耙到剩下的牛尸身上，将其隐藏起来，随后便原路返回，渐渐消失在暮色之中。

大灰熊来来往往捉迷藏，摆脱追逐

对于追来的猎人，大灰熊常常会隐藏起来、埋伏以待，从而展现勇气和策略。有一次，我对一头大灰熊追踪了很多天，试图近距离给它拍照，但它知道我在追踪它，最终，它在自己的踪迹上折回了一小段路程，蹲伏在一根木头后面。我追踪之际，它的踪迹路过那根木头的另一边，在我前面清晰地继续前行，越过一块积雪覆盖的冰碛顶端。但是，正当我接近那根木头的时候，一阵风吹来，搅动了那头大灰熊的毛发，由此就对我发出了警告，让我停下脚步。

大灰熊很聪明，似乎明白自己的足迹会泄露其活动范围。我曾经追踪过一头被猎人射伤的大灰熊，想看看它究竟要去哪里、要干些什么。它绕着圈子离开自己的踪迹，又在木头和岩石上前行，没有留下足迹就回到了那里，隐藏在一丛枞树（fir）中。我看见它可能会埋伏在踪迹旁边的那个地方，便避而远之，爬到一棵松树上面去探望。当那头大灰熊意识到我发现了它，便怒气冲冲地离开了。

围绕朗斯峰（Long's Peak）的脚下，我穿过浅浅的积雪追踪一头大灰熊，希望赶上它，给它近距离拍照。此时，大部分积雪都已经从木头和大圆石上融化了。追踪了六七公里，我就来到了一块大圆石前面——那头大灰熊在我之前就爬了上去，并四处观望。它可能希望看见我距离它有多近，也可能在推断自己将在哪里实施计划来智胜我。不知为何，它从那块大圆石上跳了下来，绕其而行，慢慢行进了一小段路程，就一路奔跑着朝东边而去。在我追踪了超过1.6公里之后，它的足迹在一个岩石嶙峋、没有积雪的区域凭空消失了——在那里，地面上根本没有留下它的脚印。

我认为，我应该前往那个岩石嶙峋的地方甚至更远的边缘，去找到它的足迹，但是那里根本就没有它的踪迹。然后，我在积雪中环绕着那个岩石嶙峋的地方，完全彻底地搜寻，却也没有看见一丝踪迹。我想那头大灰熊可能就隐藏在那个小小的岩石区域内，便立即小心翼翼地前行，环绕它可能隐藏在后面的每一个地方，但遗憾的是，我没有发现它。

在外面的积雪上，我绕出一个更大的圈子行走了一阵，这才终于发现了它的足迹——它进入那个岩石嶙峋的地方之后，便急剧左转，前行了大约30米，然后就从岩石上远远地跃到一片灌木丛中，从这片灌木丛中，它又跃到另一片灌木中，最后才走到积雪上。就这样，它在9米之内没有留下一丝泄密的踪迹，就离开了那个岩石嶙峋的地方。

它开始西行，回到那块大圆石——就在它最初留下的踪迹旁边，与这条踪迹平行，在相距不到30米的地方前行了大约1.6公里。在那块大圆石附近，它躲藏在一个它能看见自己以前踪迹的地点，埋伏以待，显然在那里一直待到我走过。

然后，它前行了一小段路程，前往另一个小小的岩石区域，在自己的踪迹上折返，往回走了大约30米，朝着最初的那些踪迹前进，在倒下的树木和灌木丛中间跳跃，从而隐藏行踪，最终跳跃到它最初留在大圆石旁边的踪迹上，在那里的积雪中，它留下了很多踪迹。沿着这条以前留下的踪迹，它再度向东前行了一小段距离，其间还准确地踩踏在以前留下的足印上面。

从这条踪迹上，它跳跃到右边的一块低矮、无雪的大圆石顶上，从这块大圆石上，它又跳到另一块大圆石上。接着，它就沿着一根倒下的光秃的木头前行。在这里，我搜寻了两个多小时，才探查到两三根被折断的枝条，这就对我暗示了些许它行进的方向。从那根木头上，它走到另一根交叉的木头上，然后就投入了一片15～18米的密丛，没有留下踪迹。在它从密丛更远的一边显身之处，它也只留下了极少踪迹，使得我可以去追踪它此后400米的行动。它在倒下的木头上面呈Z字形移动，跳跃到无雪的大圆石上面，最后来到一棵倚靠在悬崖上的树下。它沿着这棵树爬上去，前往一片突岩，那里幸好有一点儿积雪记录下了它的踪迹。它沿着突岩前往悬崖顶上，离开悬崖之后，便狂奔了六七公里，这让我耗费了24小时才解开这些纷扰、纠缠的谜团，但迫使我最终不得不放弃给它拍照的念头。早在我抵达悬崖顶部之前，我就得出这样的结论：我在追踪一只推理的动物，而这只动物可能比我本人还要机警！

少数大灰熊猎杀牲口，行动出人意料

尽管大灰熊拥有惊人的速度和力量，但它通常也会使用智力，以最轻松的方式来赢得自己想要得到的结果。有三四个人告诉我，他们在一些场合中看见过大灰熊扮演"杂技演员"的角色。而大灰熊通过这种手段，竭力吸引牛群的注意力，诱使其靠近，并伺机抓住其中的一头牛。在它的恶作剧中，它偶尔会翻筋斗，一次次在地上打滚，还会追咬自己的尾巴，总之竭尽全力吸引牛群靠近。

犹他的一头大灰熊在15年间杀戮了大约1000头牛。在那段时间中，有人拿出一大笔赏金，悬赏它的脑袋。于是，人们进行了无数次尝试，企图捕猎它——老猎人使用猎枪，设置陷阱捕猎者使用陷阱，可谓绞尽脑汁，各显神通，而由人、马、猎犬组成的远征队也不停地追逐它。但所有这些年来，它还是一如既往生活在自己的活动范围之内，每隔几天便要进行一次杀戮，而且它深藏不露，其真容仅仅被人看见过两三次。

另一头作恶的大灰熊则屡屡躲避猎人的追逐，自由自在地杀戮牲口。尽管人们联合起来，试图尽力猎杀或捕获它，它还是设法继续生活了长达 35 年。而对它的脑袋开出的那笔赏金，可谓十分丰厚。

还有对类似"畸形足""三脚趾"和其他作恶而逃亡的大灰熊的报道。所有这些大灰熊都在自己的活动范围内屠杀了好几百头牛，在要其脑袋的高额赏金下生活了多年，而且智胜了大批技巧娴熟的猎人和设置陷阱的捕猎者，一次又一次逃脱了精心组织的人马的追捕。我认识很多猎人，熟悉其高超娴熟的捕猎手段，还知道其他大灰熊面对组合起来的猎人和新方法不断取得胜利，因此我确信：大灰熊是一种能够推理的动物。

当受伤的大灰熊落入陷阱或被逼上绝路，它有时候会装死。显然，它认为自己的处境很绝望，难以逃脱，于是它就采取了这种装死的方式，发现这种手段能让攻击者放松警惕。鉴于大灰熊装死的需要是最近才出现的——自从白人带着远射程步枪和巧妙的钢夹到来，这种策略似乎就像是一种清晰的推理例证。

大灰熊的行为难以意料，它所采取的策略通常会击败猎人。一头受伤的大灰熊可能立即向猎人发起冲击，另一头则可能逃离猎人，而第三头则可能挑衅地坚守在原地，对抗猎人的进攻。大灰熊以不同的方式来迎接那些在我们看来是相同境遇的事情，在其习性中突然做出改变，而我们根本就不明白它们为何会如此改变。大灰熊会很快熟悉新环境和新事物，迅速调整自己来适应。如果某种食物对它有危险，它就避而远之；如果对它有利，它就加以利用。

在前往一个遥远之地的旅途中，大灰熊常常会奔跑而去，但它也常常以较为缓慢的速度行进。如果缓慢、沉重地行走，它会给人深思熟虑、早有预谋的印象——它似乎经常都在思考，也许它的确在思考，尽管它一路慢吞吞前行，它也是前往一个明确的地方，打算去干一件明确的事情。而在途中，它可能会突然迅速改变想法，朝着完全相反的方向而去。

我见过一头大灰熊匆匆前行，显然它下定了决心，匆忙去实施某个计划，抵达某个特定的地点，或者去看某件特别的东西。突然，它注意到了自己在什么地方，便停了下来。它想起了自己原本打算在路上去看某某东西，却又忽略了。它犹豫了一阵，然后就往回走。

也许在食物丰富的夏天，大灰熊很少会一路前行，不会想什么特别的事情，把脑袋从一边慢慢转到另一边。有什么事情唤醒了它，它可能迅速撤退，要不然它也可能前去一探究竟。你永远不知道大灰熊下一步会干什么，也不知道它会怎么去干，但它所干的一切，都是带着新的兴趣和愉快的嗜好来完成的。

面对人类，大灰熊会明智地避开

有一次，一头大灰熊遭到狼群追逐，这就给了我认识其可怕本性的机会。当时那头大灰熊越过北部公园南端的一片开阔地奔跑而来，几只狼在后面紧追不舍。那头大灰熊的表现仿佛是离开了家园，因为置身于陌生的领域，因此在遭到步步紧逼时困惑不已。当它抵达树林边缘，那些狼便紧紧地围着它不放。然而，随着一个突然的动作，它转过身去击打那只领头的狼，但其他狼很快又立即包围了过来，对着它咆哮、猛咬，只见它迅速转身，左击右打，向外、向下击打，那动作好像有点模仿猫的样子击打附近的东西，然后它就转身继续奔跑。

跑出若干公里之后，它再度穿越一片开阔地。这个时候，新赶来的狼加入了追逐行列。我看见有几只狼躺在地上休息，大口喘着粗气，而那头大灰熊却根本没有休息的机会，不断遭到对方紧逼。在一个地方，它被紧紧地包围，无法脱身之际，它就退到一道悬崖的角落，在这里，它进行了一场殊死的搏斗，杀死了一只狼，还重创了两只，暂时将狼群赶走。接近黄昏时分，它来到了一个巢穴般的地方避难，而此前，它显然在一路逃往此处。第二天早晨，很多狼消失了，其他一些狼却守候那个巢穴前面不肯离去，似乎等着大灰熊出来。

在我的家园附近，一头大灰熊尽管只有三只脚，却设法在自己的领地上维持生活，我两次听说它智胜了前来追捕的猎人及其猎犬。这片领地偶尔会遭到设置陷阱的捕猎者的入侵，但它都成功地避开了陷阱，让捕猎者无功而返。但最终，带着猎犬的猎人把它从其领地上赶走了。它去了哪里，它有过怎样的努力，它实施了怎样熟练的撤退，它在生活中有过什么样的麻烦，以及它最后有什么悲剧性的结局，我都不得而知。但是，它缺少一只脚而能继续生活了那么久，这本身就意味着这头大灰熊很有能力，很有经验，它的传记或自传会充满行动和冒险。

我们不能过分强调大灰熊英勇无畏，强调它不是胆小鬼，其实，它的身体中的每一滴血都充满了勇气。它一无所惧，而且很聪明，足以明白人类是危险的敌人——即一头大灰熊把自己暴露给人类，几乎等同于自杀行为。它不会避开荒野的动物，但是人，带着望远镜、猎犬和能在 1.6 公里之外予以射杀的步枪，对于它来说的确太不公平了。因此，它随时都明智地尽量避开人类，但如果实在无法避开，当必须战斗的时候，它就会展现出百分之百的勇气和效率。

仅仅在几代人之前，大灰熊在本能中充满勇气，从来不避敌人，用勇气来应对和解决每一个问题，而且几乎总是成功。但是，当人类成为它们的问题，对前途颇有远见的大灰熊便拥有了智慧和更大的勇气，从而压制自己古老的本能带来的特性，因为它明白：再去使用古老的本能，将会无效。

多年来，我观察、研究、欣赏大灰熊，见过它在多种影响下展现的行为——搏斗和嬉戏、睡觉和觅食。我观察过在正常影响和反常影响下的大灰熊，追逐和被追逐的大灰熊，我会一次花上很多个时辰，把它的身影聚焦在望远镜中，带着相机追踪这种高明的动物很多天。

大灰熊多么威严，奇异得多么像人类，因此每当我看见它遭到猎犬追逐，我都会感到自己的退化。有几次，我智胜了它，但它更频繁地智胜了我。我们偶尔会意外相遇,有时候相互都没有受惊地盯着对方,在其他时候,我们会各自转身,朝相反的方向逃逸。有时候,大灰熊被本能所引导,但在更多的时候,它的行为却成功地接受了理智的指导。

第 2 章　荒野母子情

Cubs and Mother

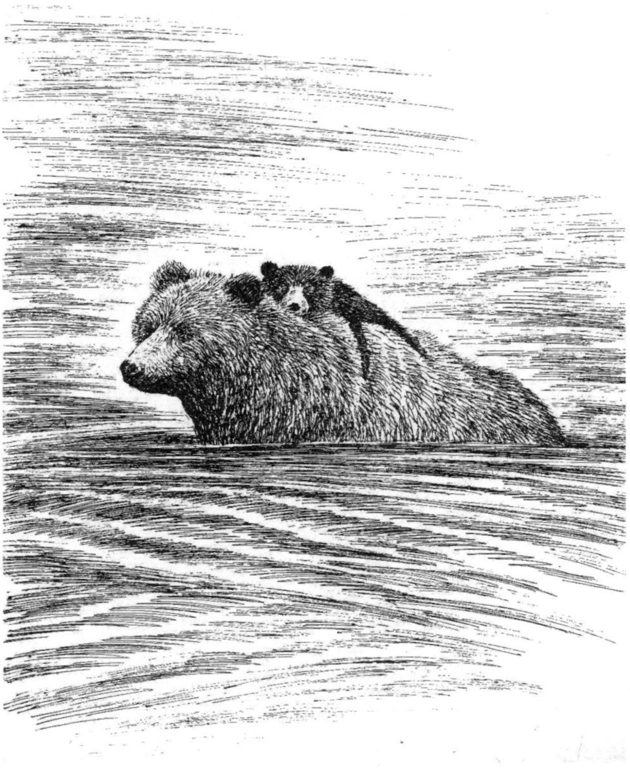

一头母大灰熊遭到射杀，留下两个可怜的幼仔，而猎人从此放下猎枪，把幼大灰熊养大。母大灰熊在冬眠的巢穴中生下幼仔，幼仔诞生时体型很小，依靠母亲的奶水成长。面对危险的时候，母大灰熊随时会挺身而出保护幼仔，从来不会自顾逃命，因此而丧命的母大灰熊不在少数。一只幼大灰熊与母大灰熊走失，饿得奄奄一息，被人类拯救之后送到牧场上养大。幼仔喜欢模仿母亲——观望、嗅、觅食，时刻露出滑稽而狡黠的模样。母大灰熊驮着幼仔游过湖泊，发现湖岸有人，便迅速转身游向别处。幼仔喜欢嬉戏，相互角力、打击、躲避，模样滑稽可笑，在水里嬉戏时更顽皮。母大灰熊召唤幼仔享用树洞中的蜂蜜，而幼仔们则顺着母亲倾斜的身子爬上去，站在母亲头上大快朵颐……

因为大灰熊遗孤，猎人从此放下猎枪

荒野中，每一头大灰熊的生平经历都堪称冒险故事。在科罗拉多的诺萨默尔山脉（No-Summer Mountains）中，我曾经与一个猎人一起扎营，在6月的一天傍晚，他匆匆赶回营地报告，称他射杀了一头雌性大灰熊。他对那头母大灰熊留下的幼仔进行了搜寻，他本以为它们肯定就在附近，却到处都没能找到。猎人说，他当时在一片密丛中无意间遇到了那头母大灰熊，而那母大灰熊很可能认为自己被逼上了绝路，便立即向他发起冲击，于是猎人不得不瞄准它的脑袋开了一枪，将其撂倒在地。

第二天早晨，我随同那个猎人前往现场，把那头大灰熊抬回来。这是一头漂亮的、地地道道的北美大灰熊，体重约有180公斤。随后，我们又开始仔细、彻底地搜寻幼仔，却始终未能发现它们的踪影。

而正当猎人要给母大灰熊剥皮的时候，我偶然瞥见，在不到9米开外的一堆巨大的岩石下面，一只幼大灰熊正朝着我们这边窥探。随后，另一张受惊的幼大灰熊面庞也露了出来。这两只幼仔充满了警惕。

踌躇了片刻之后，那两只幼仔便走了出来，伫立着专注地朝着我们及其死去的母亲这边观望。盯了一阵之后，由于我们没有移动，它们就朝着我们走出了几步，但很快又踌躇了一下，停了下来，站起来环顾四周，然后匆匆退回岩石堆。显然，它们的母亲曾经训练它们要待在母亲将其留下的地方，直到母亲回来。

然而它们实在是等得太久了，便站着呜咽了一阵，那样子很像是被遗弃的饥饿的孩子。它们可以闻到母亲的气味，也可以看见它的身体，但是，因为过于饥饿和寂寞，它们再也无法忍受没有母亲的环境。它们肩并肩地紧紧靠在一起，再次朝我们这边慢慢走来，当走到很近的地方，又止住了脚步，伫立在后腿上，专注地看着我们，还惊讶而渴望地看着它们死去的母亲。然后，它们朝母亲走去。其中一只幼仔变得困惑而不知所措，嗅母亲那冷冰冰的一动不动的尸体，用爪子轻轻地抚摸母亲的皮毛，然后坐下来，开始呜咽着哭泣起来。

另一只幼仔则伫立着，充满敬畏地看着母亲那一动不动的脸，但它最后还是摆脱了惊骇，闻了闻母亲那鲜血淋漓的脑袋。然后，它处于完全凄凉的状态，便转身热切地凝视着那个猎人的脸，而猎人始终泪流满面地看着这只幼仔。片刻之后，那只幼仔便朝着猎人迈出了一步,伫立起来,把前爪信任地搭在猎人的膝盖上,认真、信赖地看着他的脸。于是,我们把这两只幼仔带回营地,它们后来就由猎人养大。经过这次事件,那个猎人从此就放下了猎枪,而这两只幼大灰熊的母亲也就成了他猎杀的最后一只动物。

大灰熊幼仔诞生时小得可怜

1月份、2月份或3月份,或许多半是在2月份,大灰熊在冬眠中生下幼仔。其生产的幼仔数量一般为2只,但有时是3只,甚至偶尔也可能是4只。每只刚诞生的幼仔体型很小,如同花白旱獭,体重仅为0.3～0.6公斤。

在幼仔诞生后,母大灰熊通常好几个星期都不会外出觅食或饮水,会继续待在巢穴里面,比那些没有幼仔的大灰熊要多待1个月。巢穴中,母大灰熊蜷曲着身子拥抱着幼仔,依靠自己贮存的脂肪为它们提供奶水。幼仔缓慢地成长,在离开巢穴的时候,它们常常只比棉尾兔(cotton-tail rabbit)稍大一点,体重也不过7公斤左右。大灰熊似乎每两年才生仔一次,尽管人们有时看见1岁的幼大灰熊跟母大灰熊和幼仔待在一起,但那些一岁的幼大灰熊很可能并非为其嫡生。

与母亲的体重相比,大灰熊是诞生时体型最小的动物之一,体重大约只有母亲体重的百分之一又五分之一。袋鼠(kangaroo)出生时的体型在比例上甚至更小,然而,据说还不到其母亲体重的百分之一又十分之一。初生的蓝鲸（blue whale）约为其母亲体重的百分之四，有时重达 3 吨，长达 7.6 米。

为什么大灰熊幼仔诞生时会如此之小呢？这很容易理解，那就是在冬眠中，母大灰熊几个月都不吃不喝，无法哺乳两只以上精力充沛的幼仔。而且，在进化的过程中，造物主很可能为大灰熊选择了体型幼小的幼仔，以便延续这个物种。

有一年 2 月份，我在蒙大拿西部拜访黑足族印第安人（Blackfeet Indian），看见一个年轻的印第安妇女正在给两只大灰熊幼仔喂奶。它们的母亲在一两天之前被射杀了，人们便把它们从巢穴中带回部落喂养起来。那两个小家伙还是粉红色的小不点，毛发稀疏，体重都还不足 0.5 公斤，闭着眼睛，没有牙齿，却有着锋利的小爪子。大约在 14 天之后，它们才睁开眼睛，并早早就开始长牙。好几天，那个印第安妇女都在给两只幼仔喂奶，后来她又用牛奶来喂养它们，并将它们顺利地养大。

大灰熊的颜色众多。我曾经看见一头母大灰熊带着 4 只幼大灰熊，而每一只幼大灰熊的颜色都各不相同。母大灰熊本身为奶油色，其中一只幼仔却几近黑色，第二只为灰色，第三只为棕色，第四只为黑白色。大灰熊的颜色可能或浅或深，或者有若干种介于其间的色调。随着慢慢成熟，它常常就会成为一头"银尖大灰熊"，而流行的颜色或许是深灰色。

从母大灰熊和幼仔在春天走出冬眠的巢穴，到它们在下一个冬天进入巢穴冬眠，它们很多时候都在活动。母大灰熊一般都会跟幼仔待在一起，只有偶尔的时候才会留下它们离开，但让幼仔独处的时间通常不会持续很久。母大灰熊坚持不懈地保护幼仔的安全，面对任何可能发生的危险，它都会毫不犹豫地挺身而出。在撤退的过程中，它通常会在前面领路，幼仔则紧随其后，但如果快要被逼上绝路，母大灰熊也很可能会担当起殿后的职责。

一个暴风雪怒吼的春日，我越过山峦缓缓前行，在旋动的雾霭和湿漉漉的飞雪中停下来寻找路径。正当我凝视前面，突然看见一头大灰熊从仅有几米远的幽暗之中走出来，两只幼仔紧随其后。这头母大灰熊看见我的时候，便像我一样惊讶，立即就撤退了。当时它露出一副焦急的表情，发出一声愤怒的咆哮，迅速转过身去，像一个紧张的母亲左右开弓地拍打幼仔，催促其赶快前行，幼仔们则转回身去，朝着它们来时的方向匆匆返回，在飘雪中消失得无影无踪。

在荒野中拯救迷失的幼大灰熊

尽管大灰熊母亲温和而充满耐心，但它对幼仔的要求相当严格，时常对其捶打和拍击，当它们处于危险的时候尤其如此。有一天，一道峡谷远远的对面，我观察两只幼仔沿着一条野生动物小径走在母亲前面，就在此时，一队满载货物的驮马出现在我所在的峡谷这一边。那头母大灰熊和幼仔都看见了驮马，母大灰熊立即拐入一条冲沟，推动幼仔赶快前行。而每当母大灰熊离开前面的幼仔去催促落在后面的幼仔，前面那只幼仔就会停下来，流露出热切的好奇，回顾峡谷对面的奇异景象。母大灰熊丝毫没有流露出发脾气的神态，却把一只幼仔向前推出了四五米远，然后又转过身来推另一只幼仔，催促其前行。

遭遇危险时，母大灰熊会不顾一切代价来保护幼仔。很多母大灰熊为了保护儿女而丧生，我从来没听说过当幼仔暴露在危险之下的时候，母大灰熊自个儿逃走的案例。

6月的一天，在科罗拉多的格兰德湖（Grand Lake），我跟随一个设置陷阱的捕猎者外出巡查他所设下的钢夹，他认为自己可能捕获了一头大灰熊。然而，他只捕获了一只幼大灰熊，那个小家伙的一只前爪被钢夹夹住了。当我们接近那个地点，我偶然爬过一堆倒下的木材，从这堆木材的顶上，我突然看见那只幼仔的母亲就躲在幼仔前面不远之处埋伏。它在一根木头后面挖掘了一个坑，躲藏在那里面，无疑是在等待那个设置陷阱的捕猎者到来。

5月末的一天早晨，我站在一棵树后面观察两只河狸（beaver）幼仔在池塘中嬉戏，一头颜色跟河狸相仿的大灰熊幼仔走出来，前往一棵部分倒在水中的木头末端。它对河狸颇感兴趣。抵达水边之后，它一边伸出右前爪去触摸水，一边还呜咽着，但对于是否走进水里很犹豫。当它站在那里信赖地看着河狸幼仔，那也观看着它的河狸幼仔便潜入了水里。

幼大灰熊，还有人类的孩子，有时甚至也会跟最警惕的母亲走失。这只小小的幼大灰熊如此瘦削而虚弱，因此可以断定它肯定迷失好些天了。树林中，一两天之前落下的那场雪的痕迹依然迟迟不去，这就使得我能够对这只幼大灰熊的足迹进行回溯，前往它很可能在前一夜度过了部分时间的地方，那里位于溪流上游，距离池塘大约400米。这个小家伙留下的足迹表明，它一路上都在徘徊、犹豫。

要是我把这只幼大灰熊留在树林中，那么它的母亲很可能还没找到它，它就饿死了，而我要找到那头丢失了孩子的母大灰熊也不太可能，即便是我继续冒险去搜寻母大灰熊，也未必能成功。于是，我决定先逮住幼大灰熊再说。我没费什么力气就逮住了那个小家伙，它在几番企图虚弱无力的抵抗我、抓我、咬我之后，就逐渐平静了下来，舔了舔我的手，然后开始吮吸我从衣兜里掏出来递给它的一粒葡萄干。这个小家伙体型很小，体重还不到四五公斤。后来我把它带到最近的牧场，牧场上的孩子们很喜欢它，高兴地喂养它，几个月之后，孩子们在来信中告诉我说"马弗里克"在它的新家很快乐。

有一次，从树端的一个栖息处，我充分瞥见了大灰熊的生活，当时一头母大灰熊带着两只幼仔停在一棵树边挖耗子。在母大灰熊挖掘的中途，它隐隐地闻到了我此前留下的一丝气味，便立即紧张起来，全神贯注地到处打探。只见它踮起脚尖，像雕塑一般一动不动，伫立着观望、聆听、用鼻孔收集周边的信息。然后它又放松下来，让前爪落到地面，似乎在一瞬间感到很困惑，不清楚下一步要干什么。就在此时，其中一只幼仔拉着母亲要吃奶，却不料母大灰熊立即伸出左前爪，做出一个侧摆的动作，将那个不识时务的小家伙打翻在地，并让它往前翻滚了好远。对于母大灰熊来说，在面对可能来临的危险之际，幼仔竟然要吃奶确实太欠考虑，显然不可饶恕。

那只幼仔翻滚了四五米，才停了下来。它并没露出惊讶，实际上它还假装这样的翻滚是它故意安排的一部分，它还很享受。它在地上停住的那一刻，便开始热切地嗅泥土，仿佛它有了惊人的发现，并开始挖掘。不过，它什么也没发现，很快就跑开了，匆匆追上母亲和另一只幼仔。

母大灰熊把幼仔驮在背上，游过湖泊

幼仔从一出生就依赖于母亲的乳汁成长，直到长到大约6个月的时候才断奶。在断奶之前，它们可能时不时会吃一点儿固体食物，但这仅仅是出于好奇和模仿母亲，而不是真的想吃。在7个月之前，它们甚至很可能还会这样干，在8个月后，它们就会有规律地吃固体食物了。直到冬眠时间来临之前，它们还不可能完全断奶。阿拉斯加的印第安人告诉我，有时幼仔要到其诞生的第二个秋天才会彻底断奶。有时候，这种情况当然是真的，但我认为这样的情况因地而异，应该为阿拉斯加所特有，其他地区未必一定会出现。

幼仔模仿母亲的时候，样子显得特别滑稽而狡黠。当母亲站

立起来把前爪放在胸前，专注地观望远方的时候，幼仔们也会把前爪放在胸前，看着同一个方向。当母亲转身、嗅的时候，这些狡黠的小小的模仿者也会转身、嗅。幼仔们会走到母亲嗅过和挖掘的地点，在那里嗅和挖掘。如果母亲挖掘持续得很久，那么它们就会找到一个属于自己的地方来挖掘。如果母亲站起身子拉下一根缀满果实的粗枝来咬食，那么它们也肯定会拉下某根嫩枝，至少会看一看。

7月的一天，在山雀湖（Chickadee Pond）沿岸，一头雌性大灰熊及其两只幼仔整天都在兴致勃勃地挖掘草根、柳树根，也许还有蚱蠕，我仔细观察了它们好几个小时。偶尔，其中一头大灰熊会咬食一口青草或一口蓝色的滨紫草（mertensian）。一会儿之后，那头母大灰熊就转身走进湖里，幼仔们自然而然紧随其后。

湖边，硕大的黄色睡莲（pond-lily）正在绽放，母大灰熊到处咬断一根又一根梗茎，显然忘记了幼仔。一只幼仔抓住一根茎咬了两三次，却没能咬断，最终，它把身子后倾，用力将其拉扯了起来，咀嚼了一下，似乎不太喜欢那种味道，然后，它用一只爪子握着睡莲，将睡莲金色的大球茎塞进嘴里，津津有味地吃了起来，从表情上来看显然很满意。另一只幼仔在一次次拉扯之后，终于将一棵睡莲连根拔起，在那根1.2米长的梗茎上咀嚼了三四处，然后，它用两只爪子捧着球茎吃了起来，仿佛那球茎是美味的苹果。

观察大灰熊及其孩子的活动，始终令人愉快。就在朗斯峰南边，一头母大灰熊在一个湖泊中游过，它的身子低低地伏在水中游动，背上驮着一只幼仔，而那只幼仔满足地坐着。母大灰熊径直游向我躲藏在树后的那片湖岸，当它靠近的时候，我把一块石头扔在它附近的水中。那头母大灰熊闻声，便闪电般转身，全速朝着更远的湖岸游去。在转身的过程中，那只幼仔不慎翻倒在水中，但它匆忙地抓住母亲的尾巴，被母亲迅速拖走。

母大灰熊带着幼仔漫游

在林木线之上的区域，我曾经看见一头大灰熊带领幼仔前行，沿着一道山岭顶端懒洋洋地漫步，那只幼仔跟随母亲迈出长长的脚步，把脚步恰好踏在母亲的脚印中，地面上也许有15厘米厚的积雪。我静静地坐着，而它们几乎朝着我这边走过来。我用望远镜仔细观察，我注意到那只幼仔跛着脚而行。突然，它坐下来大声号啕。母大灰熊向前走了几步，便转身看着幼仔，而幼仔用两只前爪抓着后脚，仔细检查痛处。我听见它呜咽了两三次，母大灰熊最终回到了幼仔身边，相当冷漠地俯身看了看幼仔的脚底，然后就转身继续前行，那只幼仔也紧随其后。

当它们在我附近经过的时候，那头母大灰熊后退伫立，把前爪紧贴在胸前，观望又观望，又闻又嗅。而那只小小的幼仔，此时全然忘记了脚痛，也站起来把小小的前爪放在胸前，伸长了脖子观望、嗅——这完全是对母亲的动作的模仿。母大灰熊离开几步，走到一道陡峭的山岭边上停下来探查，而幼仔则把前爪搭在母亲的身侧，从这个安全可靠的位置上向下窥视，还窥视更远处。但是，它们并没有探测到我的存在，很快就继续懒洋洋地前行。

在3.2公里之外的更远处，我尽可能匍匐爬行靠近它们，停下来观察它们的活动。那头母大灰熊在挖掘什么，而那只幼仔则在一旁热切地观看。当母大灰熊的挖掘持续了一阵，幼仔便走开了，嗅了两三次，自己就开始迅速地挖掘起来。当这两头大灰熊在挖掘的时候，空中响起了一阵翅膀的呼呼声，一群影子扫掠而过——一群白色的雷鸟（ptarmigan）歇落在附近断裂的突岩间。当我观察那群雷鸟，一群山地野绵羊（mountain sheep）沿着突出的山岭走来，停在天际线上嬉戏了好一阵，它们成双成对，面对面，然后伫立在后腿上，用头角相互撞击，还绕着对方走出一个圈子。在这个场景后面，一座崎岖、白雪皑皑的山峰令人生畏地隐现，密林在山峰下面铺展开去，延伸了好多公里。大灰熊、雷鸟、野绵羊、白雪皑皑的山峰、紫色的森林和蓝天，给了我一种难忘的经历，留下了一幅壮丽的画卷。当我转身离开，那只幼仔正全神贯注地观看那群野绵羊嬉戏。

幼仔们几乎连续不停地嬉戏，是永无止境的兴趣来源。它们奔跑、角力、拳击，还怀着最大的热情来玩捉迷藏。它们会爬到母大灰熊背上，不断挥动拳头猛然捶击，而母大灰熊每时每刻都会完全冷漠地忍受这一切。有时候，母大灰熊也会跟幼仔们嬉戏，但更为经常的是让它们自己玩耍，要不然就只是毫不关心地看着它们嬉戏、打斗的混乱场面。

嬉戏的幼仔活动的方式很像男孩，引人注目，它们充满了活力，时不时会摔跤、到处滚动。它们的拳击展现了滑稽可笑的热情：它们站起来扭住对方、挣扎、挣脱，注意抓住新出现的有利情况。它们先是用一只爪子击打，然后又用另一只爪子击打，然后再用两只爪子一起击打。它们靠近、躲避又跳回去，高举一只爪子，又低垂另一只爪子，有时候，它们会用一只臂保护自己的脸，却用另一只打击对方，虽然经常疯狂地击打，却又显然很有分寸，故意不去击中对方，它们毛发竖起，咆哮，玩得尽兴，假装比平常更认真、更可怕。

幼大灰熊长到一两岁，便独自闯荡世界

两个男孩在河里游泳时展现的激动和嬉戏，都不如我曾经观察过的两只幼大灰熊。那两只幼大灰熊奔跑、溅水，把对方推入水下，在水面下潜水、游动，从大圆石上跳进水里，发出可怕的溅落声。

在大灰熊世界中，我曾经见过的最快乐的事情之一，就是一头母大灰熊在一棵伫立的枯树中发现了一些蜂蜜，蜂窝也许距离地面有一米多接近两米。只见那头母大灰熊撕开那个洞孔的边缘，先让自己饱享一顿，然后就召唤两只幼仔前去享用，当时那两个小家伙正在不远处嬉戏，当它们看见母亲伫立在后腿上，把爪子搭在树干上前倾着身子，便无须再次邀请而迅速跑过来，快乐地跑上母亲倾斜的身体，站在母亲的头上，大肆享用这场奇妙的蜂

蜜盛宴。

在幼仔诞生后的那个冬天，它们会跟母亲一起冬眠，一直到它们成长到一岁半，有时候时间更长，在整个这段时间里，母亲都是它们的同伴。在第二个夏天，母大灰熊通常会离开一只幼仔或几只幼仔，视具体情况而定，让它们独自去闯荡世界。这种家庭关系一旦破裂，就很少看见大灰熊聚在一起的场面了。

如果有两三只或者4只幼仔，那么这些一岁多的小家伙就会聚在一起再待上一年，其关系亲密且难舍难分，其中的一只幼仔会成为领袖，其他幼仔则忠实地追随它。如果出现麻烦，这些小家伙就会团结起来，充满了献身精神。如果猎人杀死或伤害其中一只幼仔，那就意味着他很快就会遭到其他幼仔的围攻和冲击，常常落得个非死即伤的下场。

幼大灰熊是伟大的漫步者，可以穿过未被占据的地区而漫游，也可以在其他大灰熊的领地上漫游，而其他大灰熊并不会把它们当成入侵者。这些一岁大的幼大灰熊和两岁大的幼大灰熊的伙伴关系中，有无数个有趣的小插曲，它们结伴探索很多平方公里的领土、追逐动物、嬉戏，在一起玩得快乐，在危险的时刻团结起来打败敌人。在第二个冬天，偶尔也在第三个冬天，一岁大的幼大灰熊在一起冬眠。然而一般来说，在第二个冬天之后，即它们成长到两岁半的时候，它们就各分东西了。从这个时候起，大灰熊就开始独自生活，且老死不相往来。

闯荡世界的幼大灰熊最初到哪里去安家呢？有时候，年幼的大灰熊挤进毗邻其诞生地的领域，但在其他时候，它必须漫游到远处，去寻找尚未被其他大灰熊占据的领域。在过去，当大灰熊为数众多的时候，增加的种群每年都肯定会迫使大灰熊世界进行重新调整，迫使每一头大灰熊的领域缩小。而到了现在，也许除了在两三个国家公园，西部各处都有成千上万平方公里的土地未被大灰熊占据，可容很多大灰熊栖居。但是，大灰熊喜欢在自己的家园中活动，除了偶尔前往外面的世界去拜访，它往往会在这里终老一生。

第3章 探寻大灰熊家园

His Exclusive Territory

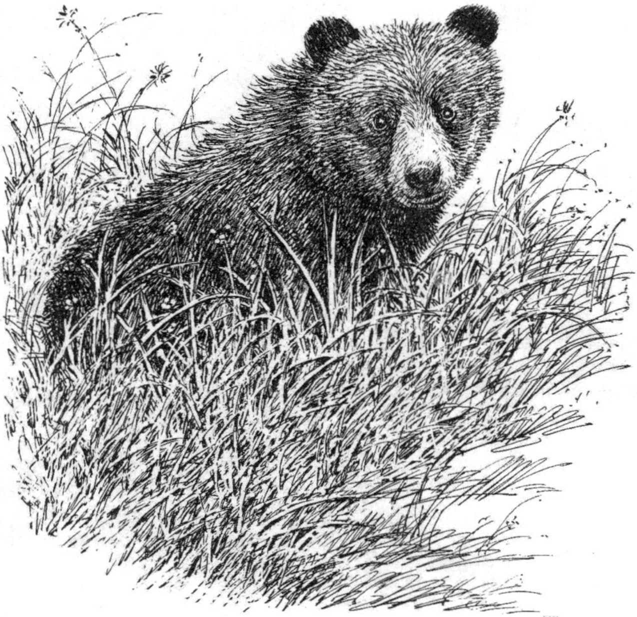

一头母大灰熊把幼大灰熊留在湖畔,让其独自谋生。母大灰熊为幼大灰熊或幼大灰熊自己选择了这片领地,开始孤独地生活,终老一生。大灰熊的领地一般由自然环境来决定,大小不一,大者十分辽阔,堪称帝国。大灰熊偶尔前往野生动物的信息交换地,寻找自己感兴趣的信息。在白天,它会找到安全之处躺下休息,避开危险,一旦遭到追逐,它也会在领地上来回奔走。有时在冬眠中,突发的雪崩或山崩会把它逐出巢穴,但它很快会重返并开始睡眠。在它的领地上,某些进食之地可能为很多大灰熊所共享,但也有例外。有时候,大灰熊喜欢嬉戏,排遣孤独,但有时又会无所事事,对一切都不感兴趣。在生命结束之际,大灰熊多半长眠于自己冬眠的巢穴中。

一头母大灰熊离开幼仔，让其独自谋生

在诺萨默尔山中的一个小湖畔，一头雌性大灰熊带着一岁半的幼仔曳行而来。在一条小溪注入湖泊之处，那头母大灰熊停了下来，看着幼仔，很可能还对它咕哝了什么，也许在说："强尼，这里是一片未被其他大灰熊占据的领土，今后这就是你的领地了。"当那头母大灰熊慢慢转身独自离开的时候，我观察那只幼大灰熊，只见它盯着地面看了几秒钟，然后又转身看了看渐行渐远的母亲，最终打量了一下周边环境。就这样，这只幼大灰熊被母亲推到这个世界上独自谋生，它慢慢走上山坡，消失在树林中。

我曾经在梅迪辛博山脉（Medicine Bow Mountains）的另一边见过这只幼仔和它的母亲，那里距离这里至少有80公里。当我看见那头母大灰熊把幼仔留在这里，让其独自谋生的时候，我就禁

不住想这样问:"大灰熊母亲把孩子带到那将成为其家园的领土上,这样的情况普遍吗?"有时候,这样的领地可能是母大灰熊选择的,但也有可能且经常发生的情况是,幼仔自己选择领地。

但是,除去选择活动范围,大灰熊还过着孤独的生活。它远离其他大灰熊而生活,有自己的想法、娱乐和嬉戏活动;它独自觅食,独自去漫游、冒险,还只身与敌人搏斗;在冬天,它孤零零地进入洞穴冬眠。对这样的情况的解释,首先对于它这样体型庞大和对食物需求巨大的动物,选择独处才是有利条件。其次,自从白人带着远射程步枪到来,它单独行动也成了避开危险的有利条件。再者,大灰熊孤独的习性也许是延续这个物种的有利条件。我只有两次得知有人看见公大灰熊、母大灰熊和幼仔待在一起,但我从未听说过它们在一起冬眠。

大灰熊拥有自己的活动范围,它会把某些土地据为己有。只有在一个案例中,我才了解到两头大灰熊相伴,永远共同占据同一个地区。人们常常看见这两头大灰熊在相距不远之处进食、旅行和休息。尽管大灰熊会离开自己的活动范围而漫游,前往外面的世界去做偶然性的拜访,更多的是它会在自己的领地上经年累月地谋生,为了自己的领地,它会抵御入侵者,也通常在自己的领地上终老一生。

大多数野生动物都有自己的活动范围,在它们据为己有的地区,不允许其他同类成员涉足。相比任何其他动物占据的领地,大灰熊的领地很可能要大得多,在这个领地中,它支配各种动物,而因为它对领地的使用，那些动物可能会跟它发生临时冲突。荒野中，大多数飞禽和走兽成双成对、成群或成聚落，使用大片土地或一丁点儿土地，大灰熊则独自使用自己的领地，它的领地可能是其他物种占据的领土的一部分——山狮（mountain lion）、河狸、狼、鹰和其他动物，都可能使用它的领地，这些动物的领地可能与大灰熊的领地重叠。

大灰熊是荒野贵族，高贵而矜持。它会遇到大角羊（bighorn sheep）或其他野生动物，而且，尽管它意识到对方的存在，却也不会予以明显的注意。如果接近另一头大灰熊，无论是黑熊还是大灰熊，尽管它在表面上显得不感兴趣或者假装没有看见对方，但实际上它也在暗中观察对方的活动。如果黑熊遇到它，会避而远之。有时候，两头相靠很近而进食的大灰熊会故意相遇，或者相向而行，两者表现出来的行为都很绝妙，假装因为看见对方在那里而极度惊讶。它们会昂首作势，表示愤怒或轻蔑，相互发出一些不友好的吼叫和咆哮，做出一两个威胁的动作，然后就继续前行。有时候，它们擦肩而过，仿佛根本没有意识到对方的存在。

大灰熊"老林木线"占据了一个帝国

大灰熊在山中的家园，遍布着野生动物小径网络。这些小径通往食物供应中心、瞭望点、休息站、可供游泳的深水潭和动物们经常前往的其他地方。一般来说，每当大灰熊前往一个地方，它都要遵循一条小径，如果它遭到追逐，那么它就最有可能这样做。这些小径中，很多都幽暗、模糊，但其他小径则被动物的四足深深地留下印记。有时候，大灰熊可能会开辟一条新的小径，但大体上它都会遵循那些被很多代祖先使用过的老路。其他野生动物小径可能会交叉在它的领地上，而对于那些小径，它可能使用，也可能不使用。

地形、山峦形成的障碍，溪流或其他天然边界线，部分决定了大灰熊活动范围的形状。而食物供应、本地区大灰熊的数量、大灰熊的个体的威力又决定了其活动范围的面积大小。一头威力超常的大灰熊，往往可能占据一个帝国。

一头名叫"老林木线"的大灰熊占据的领地，面积达到了200多平方公里，其西部边界线沿着大陆分水岭（Continental Divide）几乎延伸了24公里，其另外的边界线为米克尔岭（Meeker Ridge）和科尼溪（Cony Creek），而与此同时，其北部仁立着酋长头山（Chief's Head Mountain）和朗斯峰。接近南边，其领地变得狭窄，宽度不超过3.2公里，而在其领地中心，宽度则几乎达到了50公里。这是林木线之上的一片辽阔疆土，其间有大片原始森林、众多峡谷和溪流、无数小湖和河狸池塘。在这个地貌变化多端而又广阔的地区，"老林木线"拥有供自己生活所用的所有必需品，还有大灰熊类动物的很多奢侈品。

大灰熊和其他一些动物时常会在树上留下爪印和齿印，这经常被人解释为"不得擅入"的符号——边界线的指示物、测量标志，或者地主所有权的封印。如果这些符号的位置特别高，那么它们是要激发外来者对占据这个地区的主人的尊敬，或者引起入侵者的恐惧，除非入侵者身材魁梧、高大，能在更高之处留下爪印和齿印，不然则另当别论。但是，对于如此这般附加给这些符号的那些意义，我都抱有怀疑。大灰熊在自己的活动范围中心，有时是在一只山狮或大角羊的活动范围内，经常会留下这些符号。这些符号作为所有权来进行展示，这样的观念最具艺术性也最有趣，而与此同时，这个观念似乎在自然史上不具任何价值。

在我漫游荒野的岁月中，我见过一些大灰熊高高地伸展身子，撕掉一块块树皮，也见过大灰熊和山狮把爪印留在树上。一般来说，这种抓挠和啃咬是在它们倦怠和悠闲的时候所留下的——此时，大灰熊或山狮并没有什么明确的事情可做。有一天，我观察一头大灰熊用后腿伫立起来，站在它躺过的那个大约1.5米高的雪堆上。它立起身子，靠在一棵云杉上，尽可能将前爪伸到最高处，漠然地抓挠树皮。这只不过是伸懒腰的表现而已。只见它从树上咬了一小口树皮，便衔着那块狭长的树皮离开，然后就将其摇了摇，便扔到了地上。这一切，并非刻意为之。

领地是大灰熊的安全保证

众所周知，狼、河狸和其他一些动物拥有信息地，而这些地方可能是有意或无意建成的。这样的一些地方，是野生动物小径交叉之处，或者靠近水坑、动物喜欢舔舐的盐渍地、嬉戏之地或某种中性的进食之地。单独一种动物或几种动物常常会前往这些地方。即便是大灰熊的偶然造访和啃咬树皮，也会给下一批来访者顺便留下有趣的东西。在这些地方，一只动物可能获悉同类伙伴或者可怕的敌人最近的来访，甚至可能发现来访者的性别等信息，因而这些地方类似于我们人们交换八卦流言的乡间十字路口。

我在追踪一头大灰熊的时候，那头大灰熊突然从行进的路线上转向一边，去拜访一个类似的消息站点，那显然是野生动物游荡或常去的地点。从其地形的本质上，以及从我后来造访期间看见的无数足迹中，我得知那是一个野生动物喜欢并非常熟悉的地方，也是野生动物行走的小径的十字路口。来到那里的访客中，不乏狐狸、丛林狼、臭鼬（skunk）、老鼠、鹿和山地野绵羊等动物。而那头大灰熊转向一边去造访此地的方式，就暗示着它以前到过那里，但是，它当时也有可能捕捉到了某种有趣、充满信息的气味，第一次被吸引到那里。它当时的行为表现，与那些寻找消息的动物并无二致。

夜里，大灰熊几乎可能在任何地方躺下休息，无所顾忌，但在白天，它就不得不在自己的领地中选择一个最安全的地方躺下，避开危险。如果在高山上，这种地方可能是在林木线之上的一道山岭，或者在一个可以居高临下俯瞰下面的无树的山顶，或者在一道峡谷的尽头，或者在一片密丛中……无论这样的地方在哪里，都让大灰熊不可能轻易遭到突袭，而且在这样的地方，它用来探测的感官反应——嗅觉、视觉和听觉最为活跃，一旦有任何可能的危险逼近，其感官就很容易对它发出警告，提醒它及早逃逸、躲避。

当大灰熊遭到追逐，它也会努力置身于领地之内，尽量不走出去。通常，它朝着一个方向走出10多公里，然后就折返回来、绕圈和采用Z字形行走。当我追踪大灰熊，我只有两三次知道它朝着一个方向走出了20多公里。在一次漫长的追踪经历中，我观察到我所追踪的那头大灰熊一路前行，其间进行了很多扭曲的、呈Z字形的行走，几乎两度穿越其领地。3年中，我分别在两个9月份追踪同一头大灰熊，第一次追踪时，我在某个地方惊动了它；而在第二次追踪的时候，我惊动它的地方就在第一次追踪时惊动它之处的附近，而且在3天的时间里，它几乎都准确地沿着第一次行走的路线而前行，两次几乎都相同。

自然灾害把冬眠的大灰熊逐出巢穴

在爱达荷的锯齿山（Sawtooth Mountains）中，3个探矿人和我划着一条小船越过一个湖泊。当我们距离前方的湖岸大约还有800米的时候，我们突然发现有一头大灰熊也在横渡湖泊。于是我们加快划船速度，不断追逐，当我们靠近那头大灰熊，其中一个探矿人提议把绳索扔出去套在那头大灰熊的身上，他还说如果那样做，大灰熊就可以把我们拖到岸边。另外两个探矿人一听，立马极力反对这个馊主意，因此大家就没有扔出绳索去套那头大灰熊。幸好我们没有扔出绳索，要是绳索一旦落在大灰熊先生的脖子上，它就很可能爬到我们的小船上来。大灰熊深谙水性，在阿拉斯加，我就在外面的大海上见过一头大灰熊，它精力如此充沛，在两个相距大约11公里的岛屿之间向前游动。大灰熊喜欢水，且耐力极佳，是优秀的游泳健将，能在水中有效地搏击。

有一年冬天，我旅行到圣胡安山（San Juan Mountains）中，一个探矿人告诉我说他刚刚亲眼看见的一件事：一场雪崩顺着山沟铺天盖地而来，惊醒了一头正在山沟附近的巢穴中冬眠的大灰熊，它急急忙忙跑出来查看究竟发生了什么事。当时它并没有惊慌失措，却四处观看，到遮天蔽日的雪尘渐渐散去之后，它围绕着雪崩冲下来的残骸行走了一阵，最后还爬上去，探索雪崩穿过树林撞出来的那条通道。从巢穴出来一个多小时后，它又重返巢穴继续睡觉。

尽管这头大灰熊在荒野中过着与世隔绝的孤独生活，但不幸的是，在春天到来之前，它又被洪水从巢穴中驱赶了出来。它的巢穴位于山坡上，仅仅高于溪流一两米。冬天那场雪崩冲下来的残骸高于山沟十几米，阻塞了溪流，抬高了水位，因此水就透过泥土渗进了它的巢穴，因此它再次不得不出来——它留在积雪上的足迹表明，它在短暂停顿了一下之后，就朝着山坡爬上去，前往大约 3.2 公里之外的另一个巢穴。

每一年，大灰熊大约有三分之一的时间在冬眠。它可能年复一年使用同一个巢穴，对巢穴进行修理或改造，但也许会挖掘一个新洞穴。有时候，它也会前往领地外面，寻找一个自己喜欢的巢穴。在冬眠期间，它有时会遭到山崩、雪崩和洪水的驱逐。

大灰熊坚决依附于自己的活动范围，在这里度过大多数时光。偶尔，在一些时有发生的例外情况中，它会漫游到远处。食物的匮乏可能导致它暂时离开家园，要不然就是别处的食物丰盛无比，也可能吸引它前往。

大灰熊和山狮并不是友好的邻居，它们充其量忽视对方的存在而已，但我了解的一头大灰熊会花好几个星期去跟踪山狮，其他大灰熊偶尔也会这么干，这样就会让大灰熊获得一个好处——源源不断的食物供应。山狮喜欢频频对其他野生动物大开杀戒，而如此过度的杀戮留下的猎物尸体，则为大灰熊提供了一场场盛宴。在这样的情况中，双方有着不同寻常的容忍，在敌对的野生动物之间几乎建立了友好的关系。

在一头大灰熊的领地中，丰富的食物都赋予其他大灰熊可以享用的公共权利。一片浆果地或一条溪流，对于很多大灰熊的需求都提供相同的供应，一个河狸池塘或一个湖泊，可能成为公共的进食之地。一场洪水、一场暴雨、一场雪崩或者其他因素，可能会夺走许多动物的性命，如此一来，在某一头大灰熊的领地上，食物就十分丰盛，往往会吸引很多大灰熊前往享用。

在这些公共场所，打斗时有发生。有时候，一头贪心的大灰熊试图将更多的食物据为己有，尽管自己无法全部享用，但这样的情况也不曾改变这个物种的习性。偶尔，这种对通行权利或公共权利的侵犯，仅仅让我们想起大灰熊的习性多么像人类，或好或坏。

嬉戏的大灰熊和无聊的大灰熊

刘易斯和克拉克[①]（Lewis and Clark）曾经发现，在密苏里河（Missouri River）沿岸的一些地方，聚集着很多大灰熊。这些大灰熊显然就像黄石公园里的大灰熊那样聚集在一起，因为当地的食物很丰盛，可供它们大快朵颐——沿着这条河，在一些平常的泗渡之处，每年都有大量的野牛（buffalo）被淹死，其尸体很有规律地点缀在这些相同的地方。

在阿拉斯加的很多地区，大灰熊都生活在自己选定的地方，但有规律地前往一个公共进食之地。很多食物在海滨沿岸和溪流低矮的线路上。在林木线之上，也有一个食物带，那里的耗子十分丰富，还有大灰熊所喜欢吃的草丛。一部分食物具有季节性，因此可能鼓励或迫使一个地区的大灰熊经过漫漫的长途旅行，前往那里获得唯一的食物。

如果有那种像吉普赛人一样流浪的掉队的大灰熊，那么它们无非是罕见的例外：最接近它们的是极少数"野牛大灰熊"——

在过去的日子里，那些追踪野牛群的大灰熊。

尽管谋生问题构成了大灰熊日常活动的大部分，但它也具有智慧，会抽出一部分时间、从生活的常规中做出转变。全神贯注于热情嬉戏的能力，或许就是大灰熊不同寻常的智力的最佳证据之一。我们很高兴了解到的是，尽管它大部分时间都在独自生活，而且行事严肃认真，它也具有在嬉戏中放松自己、增强和恢复的能力。这样的情况可能有助于让它在活动范围中对孤独生活感到满足。

当大灰熊的食物充足，它有时就会在领地内漫步、闲逛，不时停下来观察其他野生动物的滑稽动作。它会站在溪流中观看水鸫（water-ouzel）的活动方式，水獭（otter）嬉戏时所用的滑道，似乎也令它很感兴趣，而我本人就通过追踪大灰熊的足迹而发现了许多水獭滑道。有一次，正当我欣赏一些河狸在池塘中迅速游动、溅水嬉戏之际，一头大灰熊从树林边上观察了一阵那些嬉戏者，然后就来到河狸堤坝上，选择了这个能更好地观察之处坐下来。尽管大灰熊是孤独而沉默寡言的贵族，但它也拥有很多能给自己带来愉快的兴趣。

大灰熊在家或在外的时候，它有时对一切都不感兴趣，感到十分无聊，难以打发时间。有时在家里，它并不确切地知道自己要去干什么。它并不饥饿，想不起自己喜欢前往的任何地方，不想游泳，甚至不想嬉戏，不喜欢躺下睡觉。它倦怠地动身，停下，又继续移动，伫立在后腿上，从树上咬下一口树皮，但是，它却并不想吃掉树皮，甚至不曾仰望一下自己咬到的地方究竟有多高。

大灰熊是长长的一连串漫游者的后裔，可能纯粹是为了冒险而去探索周边领域。如果遭到人类定居者的过多骚扰，它就可能移居到一片遥远的土地上，一个永久的家园。对于大灰熊，熟悉几千公里的领域相对容易——它迅速行走，具有耐力，单单一夜就能走完160公里甚至更远的路程。

一些大灰熊具有领土扩张意识，因此前去攫取邻居的一部分猎场。于是，一头大灰熊的领地可能会频频遭到另一头大灰熊的入侵，自己需要奋起抵抗入侵者，保卫家园。当一头大灰熊过了青春期，年老力衰，有时它就会被年轻健壮的征服者驱赶到一个于己不利的世界中。

有一次，我追踪一头大灰熊，从其活动范围边缘一路追踪了将近100公里。它沿着一条线路而行，而那条线路表明，那头大灰熊的脑海中有一个明确的地方要去。它探索了一个峡谷地区，正如留在雪地上的足迹所表明的那样，它在一两天之后，就沿着来时的那条小径原路返回了家园。

有一年秋天，我从科罗拉多的埃斯特斯公园（Estes Park）前往北部公园，偶然在森林峡谷（Forest Canyon）的上端遇到了一头大灰熊的足迹。当时它沿着一条古老的野生动物小径行走了好几公里，越过了大陆分水岭，然后又越过诺萨默尔山。从它的足迹中，我断定它也知道自己要前往何方。

这些大灰熊究竟是去进行探索，还是寻求机会前往新的地区？

它们究竟是回到了自己熟悉的古老的领地——或许从获得某种特殊的食物的旅途中归来，还是仅仅是去做一场远足旅行呢？如果是寻求新的领域，那么它们很可能会在探索了很多地区之后，才会选择一个心仪之处。

大灰熊多半终老于冬眠的巢穴中

在一些地区，大灰熊在春天会迁徙，在秋天才回家。在这些迁徙过程中，大灰熊打破了以往孤独的习性，往往结伴而行。最有可能的是，这些大灰熊碰巧同时在同一条路线上行进，就像普尔曼豪华火车车厢里面的乘客，一起旅行时一言不发。

有一年的11月份，我看见8头大灰熊排成单行纵队，从中部公园（Middle Park）向北方前进。我回溯它们的足迹，才发现它们都来自这个公园南端周围的群山帝国。它们几乎以一条直线横越进入北部公园。我想知道的是，它们究竟是前往一个新的家园，还是这是一年一度的觅食季，吸引它们出行？它们走过的这片乡野地形跟走过的普通线路有某种关系，但为什么它们会在一起旅行呢？我听说，在新墨西哥北部，也有很多大灰熊会在一起旅行。

有一次，在大霍恩山脉（the Big Horns）中的诺伍德溪（No-Wood Creek）上，一个猎人看见7头成年大灰熊和两头幼大灰熊在秋天聚在一起。回溯它们的足迹，却发现它们都来自黄石公园。原来，邻近的大灰熊和很多来自公园界线之外的大灰熊都会频频光顾公园里的垃圾堆，在那里觅食。

当大灰熊老去，它们的牙齿会断裂和磨损得厉害，但它们艰难地想方设法继续生活下去。它们常常失去脚趾，或者在意外事故或打斗中受到其他伤害，因此残废，并且由于衰老而引发各种能力渐渐丧失。一般来说，它们正常的寿命在 35～50 岁之间。

在黄石公园北部的群山中，我偶然遇到了一头特别年老、样子难看的大灰熊。我在距离它不到 12 米的范围内坐了一阵，观看它把一根老木头掰成碎屑，以便获得蚂蚁和白色的蛴螬等食物。我靠得如此之近，因此我都能看见它的舌头忙碌地左右舔舐。它的红眼睛奇怪地盯着，我想它的眼睛肯定几乎瞎了，而且它还几乎丧失了嗅闻的能力。当我靠得更近一点儿，它就停下进食，站起来奇怪地嗅空气，仿佛要竭力捕捉我的气味，然后聆听、观察。尽管它朝我这个方向观看，却丝毫没有察觉我的存在。两三天之后，这头老大灰熊便被猎人射杀了。检查它的尸体之后，发现它的很多牙齿都脱落了，另一些牙齿磨损得很厉害，它的爪子也特别钝，脑袋和外皮上伤痕累累——那是搏斗留下的痕迹，以及无数子弹留下的痕迹。

有一年 2 月份，正当我跟一个探矿人一起度过一些日子的时候，他兴冲冲地赶回家，带来一个令人感兴趣的消息：他发现了一头死去的大灰熊。那头大灰熊显然是在冬眠之际死去的。发现它的时候，它蜷曲在巢穴中，冻得坚硬了。它很年迈，身体状况很糟糕，内脏挤满了寄生虫。我曾经发现过一头肥胖、年轻的大灰熊的尸体，显然很健康，它的样子是在冬眠之际冻死的。那个时候大约是在 1 月中旬，特别寒冷，但很少下雪。

我了解其他遭遇了离奇死亡的大灰熊，但令人遗憾的是，我漫游荒野之际看见的大灰熊相当多，而发现的大灰熊尸体却少得惊人。在我发现的死去的大灰熊中，一头在森林大火中被烧死，一头在沙漠洪水中被淹死，一头在悬崖脚下被上面的飞石砸死，另一头则被从天而降的雪崩压死。至于大多数大灰熊究竟是怎样和在哪里死亡的，或者它们的尸骨的下落如何，我却无法查明。可能很多大灰熊都死于冬眠的巢穴里，而后来巢穴下陷，掩埋了它们的尸骨。在结束自己充满冒险的生涯之际，大灰熊似乎隐藏了通往其最后的长眠之地的踪迹。

---

①美国早期探险家，他们率领探险队首次横越美国大陆抵达西海岸。

第4章 大灰熊漫游的觅食生活

Coasting off the Roof of the World

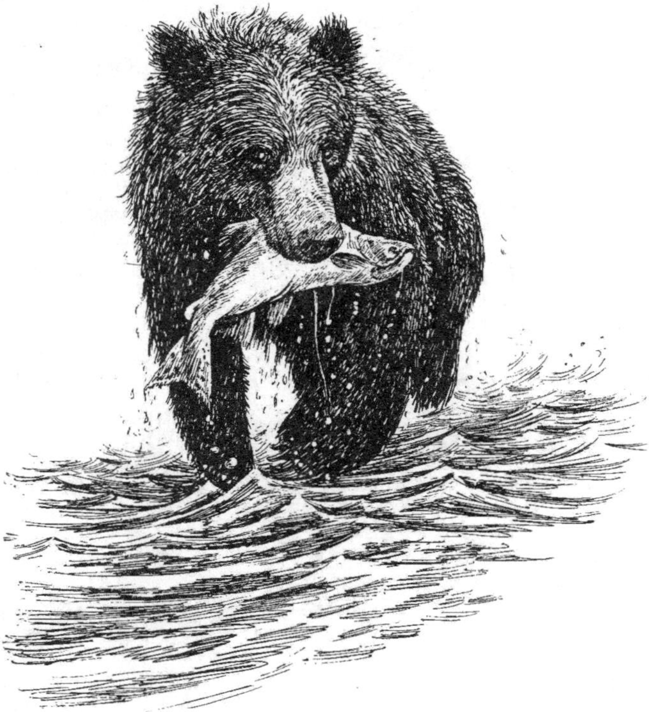

大灰熊是杂食者,一年中多半在漫游、觅食。它的胃口奇大,对于昆虫、鱼、野草、浆果、蘑菇、种子、植物嫩苗、灌木末梢和树皮,统统来者不拒。然而在不同的地区,大灰熊的食物也会有所不同——或以鱼为生,或以植物为主食,或兼而有之……对于植物,不同地区的大灰熊的喜好也各不相同。但是,所有的大灰熊都喜欢鱼,且多半是捕鱼高手,它们在溪流中频频出手,颇有斩获,还会将吃不完的鱼贮存起来备用。大灰熊也是挖掘高手,时常挖掘各种小动物享用。一般来说,大灰熊不会猎杀大型动物,但会拾遗——遇难的大型动物会吸引它前往,为它提供盛宴。但是,由于它常常率先到达大型动物的死亡现场,因而人们便认定它是凶手……

大灰熊是杂食者，一年中不断觅食

有一天，我不经意间扫视一个池塘对面，看见一头身材魁梧的浅灰色大灰熊走进青草丛生的开阔地。它没察觉到我的存在，我立即拿出望远镜观察它，而它四处行走，当一只蚱蜢跳到空中，那个硕大、肥胖、笨拙、行动缓慢的家伙，也跃起来去追逐蚱蜢，伸出一只前爪将其打落到地面，然后用牙齿咬起来吃掉。偶尔，它会用四足前行，在蚱蜢跳跃到空中之前就伸出爪子掴打。有一次，两只蚱蜢同时飞起来，而那头大灰熊静静地伫立着，找准两只蚱蜢落下的地点，然后左右开弓地拍打。

大约就在此时，另一头大灰熊也慢悠悠地走进了开阔地，距离这头大灰熊的活动现场不足30米。那头大灰熊为深灰色，几乎灰得都要呈现出黑色，却也是大灰熊。它在到处嗅闻之后，便开始挖掘什么，我想它肯定是在挖掘一窝耗子。一分钟之后，在高大的草丛边缘，它就发现了一个大黄蜂（bumblebee）巢，并将其掏出来吃得精光。从那头大灰熊迅速保护鼻子的动作来判断，显然有两三只大黄蜂逃脱了，还对这个入侵者发起了攻击。偶尔，当它四处走动，它还会咬下一大口青草，一次会咬三四下。

这两头大灰熊丝毫不曾注意对方。尽管事实上通过嗅觉和视觉，它们肯定知道对方就在附近，但它们也似乎很成功地忘记了这一事实，双方视而不见。河狸池塘通常是中性的进食之地，也是游泳之地，好多野生动物都可以前往。

"饥饿得像大灰熊"这一表达意义众多。一年中大约有三分之一的时间，大灰熊的胃口都特别好，对食物来者不拒，什么都吃；在另外 4 个月，它的食物很少；而在一年中的剩余时间里，它则开始进行斋戒，进入冬眠状态。

在大部分醒着的时间里，一头大灰熊会维持生计。它的胃口大得惊人，而当它的口味仅限于一小部分食物，特别挑剔的时候，它就会不断活动，到处寻觅可口的食物。

如果它在高高的山腰进入洞穴冬眠，那么它在春天走出洞穴的时候，周边环境很可能通常都覆盖着皑皑白雪。在这样的环境中，它会朝着山下漫游很多公里，前往低处，觅食早已在那里开始发芽的植物嫩苗。那时，它可能慢慢追随朝着遥远的山坡稳定推进的春天和夏天。在某种程度上，它的活动是由日历决定的，它享用季节为其提供的最佳食物。它了解自己通常吃的每一种食物会在何时出现，也了解这种食物在自己的活动范围内外的何处异常丰富。在浆果成熟季节，到浆果地去寻找大灰熊，就很容易发现它的身影。它还像热情的渔夫，耐心地等待捕鱼开放期——鱼类产卵期，并早早来到现场，开始捕鱼。

如果我们能认为大灰熊主要是个素食者，这种想法或许很恰当。它常常掘起根须，吃野草、灌木嫩苗、真菌、浆果、种子、野玫瑰果、松果和橡实，而且还像野兔一样吃树皮，也像食草动物一样吃青草。

山杨（aspen）在绽放，缀满膨胀的花蕾和多汁的柔荑花，柔荑花成为很多鸟儿的享用之物。我注视附近的一丛山杨，看见一头大灰熊也在一块突岩上热情地享用那些柔荑花。只见它先伸出一只前爪，接着伸出另一只，抓住一根枝条，咬断一截，吃掉嫩枝、树皮和花朵。偶尔，它会同时伸出两只前爪，抓住一棵山杨树冠上的末梢，拉下来咬掉。后来它吃野梅和美洲稠李（chokecherry）的方法也与此类似：它立起身子，伸出爪子，把野梅树顶端的末梢拉下来咬掉，将小枝、树皮、叶片和果实统统吃进肚子里。在野生树莓地里大快朵颐的大灰熊，会咬掉那种藤蔓的末梢，连同浆果、叶片和刺藜一股脑儿地吃下去。有时，它还会吃掉松树、云杉、枞树的嫩枝和顶芽。

有一天，我看见一头大灰熊靠近，其行动方式表明它确切地知道自己要去哪里。刚一抵达溪畔的桤木（alder）丛，它就立即开始撕掉树皮大嚼起来。还有一次，我观察一头大灰熊撕扯一棵年轻的香脂冷杉（balsam fir），几乎剥去了爪子伸出去够得着的所有树皮。因此，从山杨和三角叶杨（cottonwood）上，我经常见到大灰熊咬掉和撕下了大片的树皮。尽管它们也从松树和云杉上撕扯树皮，但我认为，相比松树之类的针叶树，它们更经常喜欢光顾阔叶树。

大灰熊的食物因地区而不同

从冬眠巢穴中醒来后最初的那几个星期，大灰熊的食物很可能多半是色拉之类——多汁植物刚刚萌发出来的梗茎、多汁的嫩苗、嫩树皮、刚刚萌发的青草、花蕾和叶片。在秋末即将进入冬眠之前，它最后的食物则多半是根须和坚果。

然而，正常的大灰熊是杂食者，除了人肉，它几乎什么都吃，会吃任何可食之物——肉（新鲜、陈腐或者腐尸）、黄蜂、小黄蜂（yellow-jacket）、蚱蜢、蚂蚁及其卵、虫子和蛴螬。当然，它也吃蜂蜜和蜜蜂。它还会捕捉蛇、大量老鼠和野兔。它是很多折磨人类的害虫的毁灭者，因此在经济生物学领域，它应该具有很高的地位。我怀疑，十几只猫、鹰或猫头鹰一年捕捉到的耗子相加，才能和一般大灰熊捕捉的耗子数量相比。

大灰熊食物的不同，主要是由地区来决定的。在北太平洋海岸的溪流沿岸，它主要以鱼为生；在苦根山（Bitter Root Mountains）和不列颠哥伦比亚（British Columbia），它通常以根须和植物为食；而生活在科罗拉多的落基山和西南部的大灰熊，则是杂食者，食物兼而有之。

春美草（spring-beauty）、山慈菇（dogtooth violet）和折瓣花（shooting-star）的末梢和根须，为一些地区的大灰熊提供了丰富的食物；而在另一些地区，尽管这些植物很丰富，但大灰熊很少甚至很可能从来不会去碰一下。苦根山的大灰熊无拘无束地吃折瓣花，而塞尔扣克山（Selkirk）的大灰熊则最喜爱山慈菇和春美草。然而，很奇怪，这两个地区的大灰熊都很少去注意自己发现的动物尸体。从秋天到地面冻结起来时，不列颠哥伦比亚的大灰熊频频挖掘植物的根须，其中之一就是野豌豆（wild pea）——岩黄蓍（hedysarum）。

我曾经频频追踪一头大灰熊，它的活动范围就靠近我在落基山中的小木屋。很显然，这头大灰熊不那么挑食，喜欢各种食物。有一天，它花了好几个小时来挖掘耗子，还有一天，它又逮住了一只野兔，吃下了一个大黄蜂巢，将蜂巢、草、蜜蜂、蜜蜂幼虫、它们的蜜和刺螫针统统吃了下去。在一个人类定居者的花园里，它挖掘出并吃掉了差不多45公斤土豆和芜菁，而那个定居者还以为是野猪闯进了他的花园呢。在一些地方，在大灰熊挖过根须之处，我也曾经认为是野猪挖掘的——在那样的地方，被挖掘的泥土面积常常达好几平方米。它们挖掘出野防风草（wild parsnip）、折瓣花、青草根须、百合球茎，有时候还有柳树和桤木的根须。

我曾经竭力证明我养大的那两只幼大灰熊偏爱何种食物。很多次，我端着一个盘子接近它们，盘子上有蛋糕、肉和蜂蜜，而我通常把芜菁或苹果装在衣兜里面。当我接近的时候，那两只幼大灰熊一般都会伫立在后腿上，看看我拿来了什么。如果它们闻到了苹果或芜菁的气味，那么它们就会把爪子或鼻子伸进我的衣兜去搜寻，对盘子上的其他美食根本不屑一顾。如果没有苹果或芜菁，它们就会就近抓攫盘子上的东西，送入口中。

所有的大灰熊都喜欢吃鱼

所有的大灰熊似乎都很喜欢吃鱼。在很多地方，它们都是最成功的捕鱼高手。在爱达荷，我观察过一头大灰熊站在小溪的浅滩湍流中，把身子部分隐藏在一丛柳树中，在半个小时之内，它就将5条大型鲑鱼（salmon）敲击到了岸上。捕鱼的时候，它会伸出一只前爪闪电般地一击，一条鱼便被猛然抛出水面，飞落到五六米开外，它很少失手，而且它所击落到岸上的每一条鲑鱼都有两三公斤重。

在锯齿山地区，一头大灰熊试图捕捉到某条鱼，便在溪畔低矮的岸上伸开四肢躺卧下来。它用一只前爪控制自己的身子，又把另一只前爪伸过去，沿着堤岸在水下摸索。它这样做，远远看去很像是一个胖子所为。更为频繁的是，这头大灰熊站在岸上的一根漂木上，或者站在一根倒在溪流中的木头上，要不就站在一丛柳树后面。有时候，它捕鱼的方式又是这样的：在溪流中朝上游跋涉，用爪子或牙齿攫住那些躲藏在堤岸或突出的根须下面的鱼。

有一天，一头身材魁梧的棕色雌性大灰熊带着两只幼仔，来到一条小溪畔捕捉鳟鱼（trout），它的举动引起了我的注意。幼仔在青草丛生的岸上等候，而与此同时，那头母大灰熊屡获成功，给孩子带上来一条又一条鳟鱼。有时候，它会把鼻子伸进堤岸下面的水中，或者伸出爪子来捕鱼。偶尔，当那些鱼在浅滩湍流中从它身边竭力迅速冲过去，它会看准时机出手，将其敲击出水面。幼仔们在岸上观察它的每一个动作，但是母亲不允许它们下水。

有时候，大灰熊会把吃不完的动物尸体或者鱼集中遮掩起来。在哥伦比亚河（the Columbia）上游源头的一个小山湖边，我在很多木头和石头下面发现了一大堆变馊的鲑鱼。这些鱼是在产卵时节被捕获的，被捕获者贮存起来慢慢享用。一两天之后，我回到那里，附近地面上留下的足迹表明，那头捕鱼的大灰熊回到了那里，享用剩下的鲑鱼。

大灰熊热切地独自谋生，它不是流浪者，会长时间努力苦干，从岩崩碎屑堆里挖掘鼠兔、花白旱獭或其他小动物。我知道，它能在两个小时之内移动大量的泥土，其重量肯定足足有好几吨，留下的挖掘之处大得足以容纳一间私人地窖。我偶然会遇到很多这样的洞孔，大灰熊从其中挖出的石头堪称数以吨计。在一些地方，这样的洞孔深达 1.5～1.8 米，挖出来的石头围绕着空洞边缘堆积起来，仿佛是用来做栅栏。其中一些洞孔可以容纳好几个士兵，如果用作一般性防御，无疑是极好的掩体。

大灰熊在挖掘的时候，如果遇到大石头，那么它会用两只前爪将其抓住、摇松，从泥土中搬出来，猛然抛在一边。大灰熊所干的一切，无不显示出它们使用了技巧和思想。它们拥有力气、机警的智慧和灵巧的爪子，通常会高速工作。它们在行动中显得深思熟虑，且以辛勤、谨慎的方式工作。

我追踪过一头大灰熊，它在一个青草丛生的空间停下来挖掘耗子。在挖掘的过程中，它又发现了一个花栗鼠（chipmunk）的洞穴。到它抓住了所有耗子和花栗鼠的时候，它已经从地面撕起了好几平方米的草皮。因此，那个地方的外貌看起来就像是遭到了野猪的无情踩躏。在翻起来的清新的泥土上，周边的树木成功地找到了突破口，顺利播种，因此，这摇曳的草丛长期占据的地方，一簇云杉终于破土而出，茁壮成长。

森林大火给大灰熊带来盛宴

然而，大灰熊警惕性极高，似乎从来不会因为过于忙碌或过于饥饿，就忘记了停下来四处观望、打探周边动静。在它的脑海中，"安全第一"似乎远比进食重要。我见过一头大灰熊，在挖掘根须的过程中，它不时停下来观望、聆听；我还观察过另一头大灰熊，在热切地挖掘土拨鼠（marmot）的过程中，它停下来嗅闻空气，探测是否有敌人临近。然后，我又不断看见大灰熊在享用发臭的牛肉时抬起头来，确定自己是否会遭到人类的突袭。

就在林木线之上的地区，一群山地野绵羊顺着山坡往下进食，正当我观察它们的时候，一头大灰熊出现在现场，从树林中缓慢上行。除非野绵羊或大灰熊改变行进路线，要不然它们就会迎头相撞。然而，那些野绵羊却继续顺着山坡往下进食，走向那头正在上行的大灰熊，似乎根本没有看见对方。突然，那头大灰熊停了下来，开始挖掘——显然在挖掘一只花栗鼠。挖掘之际，只见一些泥土从它身后飞出来，偶尔也有一块大石头被它猛然抛掷到后面。这一活动激发了野绵羊的好奇心，于是它们接近到距离挖掘现场只有三四米的范围之内，排成一线，热切地观察大灰熊的行动，那头大灰熊这才意识到野绵羊的存在。那头大灰熊不喜欢野绵羊靠近，便低沉地发出一声骇人的吠叫，向它们扑去。那些野绵羊受惊，便一哄而散，但仅仅跑出几米便停了下来，重新聚到一起，一路安静地进食而去，而那头大灰熊则转身回去，继续挖掘。

仅仅在一些异常的例子中，大灰熊才成为大型猎物的杀手。在它觅食的过程中，它会挖掘小型哺乳动物，猎杀兔子与河狸。一般来说，它不可能去尝试猎杀体型如同野绵羊那样大的动物。但是，当一头大灰熊养成了猎杀大型动物的习惯，那么它就很可能把大型动物当成它的全部食物。因此，一头屠牛的大灰熊很可能把主要注意力都集中在牛的身上，或者顺便注意羊、鹿或麋鹿（elk）。在野牛众多的日子里，大群的野牛频频遭到一头或多头大灰熊的跟踪。然而，这些大灰熊所获得的大部分肉食，或许来自那些死于风暴、淹溺或其他灾祸的野牛的尸体，并非它们亲自猎杀。

其他动物遭遇的灾祸，也常常为大灰熊提供了盛宴。有一次，我走过一个刚被森林大火扫掠的地区，看见两头大灰熊正在大快朵颐，那里还留下了很多被大火烧死的动物尸体，让无数其他的大灰熊享用。一头大灰熊涉水走进一个废弃的河狸池塘，捡食漂浮在水面上的死鳟鱼。两头黑熊不顾大灰熊的威胁，企图把所有漂浮到岸边可以抓到之处的鱼统统据为己有，却又小心翼翼地保持在池塘之外，不敢入水，生怕那头大灰熊冲过来。第二天，在我对这个烧焦的区域重新探索的时候，一头大灰熊偶然与我相遇，当时我正在吃一头被火烧死的鹿身上烤焦的肉。当我离开那地方继续前行的时候，那头等在一旁的大灰熊便急不可待地走上前去享用。

大灰熊喜欢动物尸体，却不喜欢人肉

在自己的领地范围内，大灰熊了解每一个河狸池塘的位置。河狸池塘是它最喜欢游荡和进食的地方之一，它常常在水里打滚、游泳，痛痛快快地享受欢乐的时光。在这里，它时而会发现溪流冲下来的一条腐鱼或一只死鸟；有时候，它会吃掉大量由睡莲构成的色拉。

但是，当河狸们聚集收获食物，尤其是它们在远离池塘的地方进行收获的时候，大灰熊就会埋伏以待，追赶上它们，将其生吞活剥。同时，它也准备好攫住任何一只不走运的河狸——这个受害者偶然在切割树木的过程中被砸死或砸伤。有很多次，在河狸池塘泥泞的岸上，我都看见过大灰熊母亲带着幼仔留下的新鲜脚印，有时候同时兼有黑熊和大灰熊的脚印。

在每天的漫游中，大灰熊会走出很多公里，在这条线路上，它可能有时会偶然遇到一只受伤的动物或一具尸体。如果它发现的猎物很大，那么它就可能会把猎物拖到隐蔽处藏起来，将猎物吃得精光，如果吃不完，它可能会将剩下的猎物隐藏起来，一次又一次地回来，直到将其吃光。大灰熊会把麋鹿埋在泥土里，或者从别处拖来很多木头遮盖尸体。最为常见的是，它们用细枝、落叶、青草和垃圾等构成的废物来遮盖住动物尸体，还会用石头和木头来遮盖大量的鱼。

只有少数大灰熊变成了屠牛者，很多大灰熊所吃的牛尸其实并非它们所杀，它们只不过是从山狮之类的杀戮者口中夺食，或者当了一回清道夫。在西部群山漫游的牲口当中，牛会死于多种原因，比如疾病和意外事故。每当一阵阵风把尸体的气味吹到远远近近肉食动物的鼻子里面，大灰熊就常常会凭借敏锐得令人惊奇的嗅觉率先抵达现场，享用盛宴。

我追踪的一头大灰熊在行进中，突然捕捉到了从1.6公里之外的牛尸身上飘来的气味，便停了下来嗅，然后立马改变行进路线，直奔那具牛尸而去，而那具牛尸则被人看守着，因此，由于那头大灰熊在牛被猎杀后率先到达现场，牛的主人便认为它就是杀手，便展开对它的猎杀行动，还把所有的大灰熊都认为是屠牛者。然而这头牛真正的死因，则是它在野外过于放纵自己，敞开肚子乱吃，不幸被有毒的飞燕草（larkspur）毒死。

有一次，一头大灰熊偶然遇到一只山狮的踪迹，便追踪起来，而我也穿过积雪追踪大灰熊。再往前走，便看见那只山狮猎杀了一匹马。那头大灰熊来到现场，将正在享用美味的山狮赶走。第二天，当那头大灰熊重返现场再度享用马肉的时候，一个牧场主发现了它，便立即放出猎犬进行追逐，猎杀了那头"著名的屠马大灰熊"。

我至今不曾听说过一个大灰熊会吃人肉的真实例子。很多猎人遭到大灰熊杀戮，但他们的尸体并没有被吃掉——大灰熊并非为了要吃掉他们才将其杀戮。在大灰熊频频出没的地区，不少人因为风暴、意外事故和饥饿而丧生，然而他们的尸体在地上摆放了很多天、很多个星期，也不曾被大灰熊吃掉。一个探矿人在旅行之际，一棵树突然倒了下来，将他连同他的马和驴统统砸死，一头大灰熊来到死亡现场，只吃掉了马和驴的尸体，却丝毫未动探矿人的尸体。由此看来，人肉似乎是大灰熊唯一不喜欢吃的东西。

第 5 章　漫长的冬眠纪事

Making a Bear Living

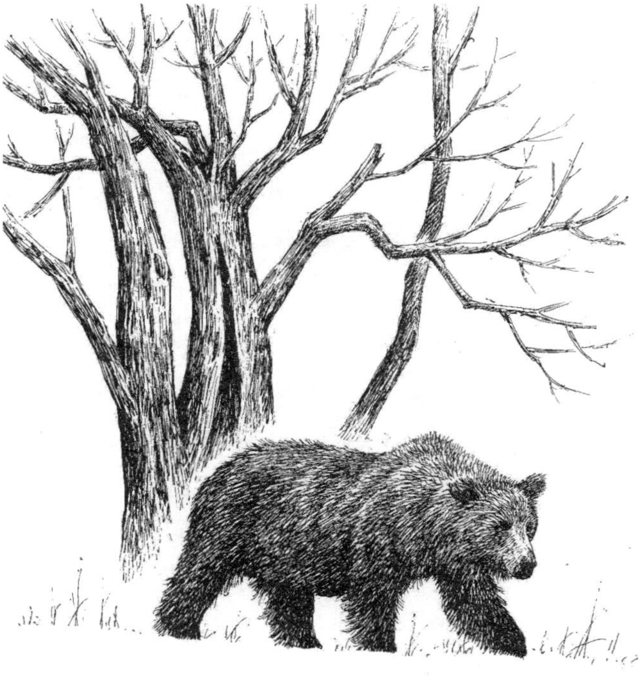

在秋天，大灰熊到处漫游、觅食，为过冬而增添御寒的脂肪，同时准备冬眠的巢穴。临近冬天，食物渐渐匮乏起来，大灰熊也开始进洞冬眠。冬眠的大灰熊穴形形色色，大小不一，要么是连续使用的老巢，要么是当年挖掘的新巢；要么里面铺垫着树枝、杂草，要么不铺一物，地面裸露……大灰熊开始冬眠的时间也有所不同，一般是在11月初，也有可能在一个月之后。除了生下幼仔的母大灰熊，大灰熊一般都独自冬眠。冬眠时，大灰熊还可能被外界的骚扰惊醒并逃往别处继续睡觉。冬眠期间，尤其是在接近春天的时候，一些大灰熊偶尔会出来透气、活动活动筋骨、晒晒太阳。冬眠结束后的几天，大灰熊一般都不会饮食，一些时日之后，它的胃口才慢慢恢复正常。

秋天，大灰熊为冬眠而到处觅食

当大灰熊的食物变得匮乏，它就会进入巢穴睡觉，即便是要等待 5 个月它也在所不惜，直到它能得到恰当的食物，才会出来。在夏天，大灰熊会大肆享用大地奉献的丰饶之物，让自己裹上一层厚厚的脂肪。当冬天开始来临的时候，它就会挖掘一个洞爬进去，到了此时，这层脂肪就发挥了作用：不仅可以对寒冷进行抵抗，而且在恰当的时候还可以成为其所消耗的食物来源。

有一年秋天，我跟一个来自芝加哥大学的教授结伴外出，前去拜访哈莱特冰川（Hallett Glacier）。我们探索了一条位于上部的冰裂缝之后，就伫立着俯视那条冰川的陡坡。几天前，一场新雪飘落了下来，此时冰面上还铺展着一层柔软的积雪。面对这个陡峭、因为铺盖的积雪而滑溜的冰坡，那个教授向我发出挑战，要我跟他一起滑下去。随着他发出一声"走吧",我们就坐在这层柔软而滑溜的积雪上开始下滑。而正当我们下滑之际,却猛然看见一头身材魁梧的大灰熊就在下面,伫立在我们很快就会到达的坡底。我们见状,便试图在陡坡上改变主意,我真希望你看见我们为此而做出的种种努力!那头大灰熊正在下面忙碌地吃着蚱蜢,但它听到了我们滑行时发出的响动,便飞快地逃走了,逃逸之际,它还充分朝我们展现了它那伸出平足、行动笨拙的后腿。

每年秋天,大量昆虫有时是大批蚱蜢都会落到这里,它们要么被疾风吹到了冰雪上,要么因为太靠近冰雪,翅膀被冻僵而掉落下来,最后冻结在那里。显然,大灰熊在很久以前就得知了这种可口的食物供应地,因此一到秋天,它们都会有规律地前来拜访这些冰原,享用这种美食。沿着林木线,大灰熊一路漫游,无拘无束地饱餐秋天最后的浆果和绿色植物。此外,还有很多大灰熊前往更高处觅食,为自己漫长的冬眠而增添御寒的脂肪。

冬天临近的时候,大灰熊的食物便渐渐匮乏起来。水果、浆果、青草和杂草都过季了,大多数鸟儿和昆虫也消失了。此时,大灰熊也就不得不以那些剩下的东西为食——它挖出的小动物,一条迷途、搁浅的鱼,时而有一只死去的鸟儿或动物的尸体,玫瑰红的果实,还有坚果、树皮、树根和植物。在大灰熊进洞冬眠之前的那几天,我不相信它会吃一种特殊的或者可以清洗肠胃的食物,尽管它可能那么做。

在少数场合,在它过冬之前的四五天,我能不断追踪它的时候,我发现它不会吃一点儿东西。我仔细检查过一些在冬眠之际遭到射杀的大灰熊，在每一个例子中，它们的肠胃都空空如也。这些事实导致我得出了这样的结论：大灰熊在进入洞穴长期冬眠之前，会休息和斋戒一些时日。

一般来说，在需要使用巢穴之前，大灰熊就会事先准备好冬眠之处。有时候，它可能在正式冬眠之前就睡在那里了，但这只是例外的情况。在我所了解到的两个例子中，大灰熊都睡在洞穴外面，尽管靠近洞穴，但它们也没有进去。在其他很多例子中，大灰熊则远离洞穴，直到进行漫长的冬眠时才进去。在洞穴完全准备就绪之后，大灰熊还会像往常一样觅食，这样的觅食通常需要进行长途跋涉，它可能漫游到距离巢穴好多公里之外，尽其可能大吃大喝。

形形色色的大灰熊的冬眠巢穴

有一年 11 月的一天，我沿着一道狭窄的深壑底部向上攀登，在此过程中，我看见上面的山坡有那种似乎是最近挖出的泥土，其数量甚巨，超过整整一车。我的最初念头就是，那是一个探矿人在挖掘隧道。但是，等到我仔细检查之后，我才发现那其实是一个最近完成的冬眠巢穴，但尚未投入使用，其入口直径大约 0.9 米，进入洞穴之后，里面要稍微大一点。这个巢穴几乎朝着山坡里面水平地延伸了大约 3.7 米，而巢穴里面的空间，大约有 1.8 米见方和 1.2 米高。

洞穴的大小各不相同，显然是由大灰熊挖掘的土壤性质来决定的，也会是由进行挖掘的大灰熊的自身爱好来决定的。其他测量过的洞穴，多半都比这个洞穴要小。

大灰熊可能连续好几个冬天都使用同一个洞穴，也可能每一年都使用一个新洞穴。它可能自己动手挖掘新洞穴，也可能利用其他大灰熊使用过的旧洞穴，还可能利用自然形成的洞穴——那种天然洞穴或岩崩形成的类似之处。我曾经了解到，一头大灰熊就利用了探矿人废弃的矿坑，在里面度过了漫漫寒冬。有时候，就像黑熊一样，大灰熊也会在陡峭的山腰上挖掘洞穴，这种洞穴位于宽宽地铺展的树根之下，有时位于倒下的大木头下面，靠近那支撑着木头的向上翘起的树根。有一年2月，在我越过群山的时候，雪地上露出了一个洞孔，我注意到有一股水蒸气从里面升起来，那里就靠近一棵翻倒的树突出的根须，于是我走过去调查，殊不料洞里升起的那股水蒸气充满了大灰熊的恶臭气味，熏得我狼狈而退。在我那位于朗斯峰山坡上的家园附近，我调查到有一些大灰熊就在林木线上筑巢冬眠，它们的巢穴位于积雪压碎的、纠缠的树木生长物中间，那里海拔约为3350米。

我两度了解到大灰熊冬眠在巨大的巢穴中，那样的巢穴是由雪松树皮长长的纤维所构成的。构筑这样一个巢穴，肯定耗费了很多时日，因为超过40棵雪松或多或少被剥掉了树皮，为这样的巢穴供应材料。这种巢穴尽管要大一些，却类似于南方的尖背野猪（razor-back hog）所构筑的那种垃圾、废物构成的巢穴。把那些材料堆积起来之后，大灰熊便在靠近底部的地方打洞钻进去，这种方式有些模仿男孩爬进圆锥形干草堆的行为。在这个冬眠的巢穴上，积雪铺展了一层雪白毯子，或许就提供了其所需的一切保护。

有时候，洞穴入口的一部分会被大灰熊堵住；一旦它爬进去，就会伸出爪子抓扒泥土，或者把废物和树叶抓扒进来，封住入口的下面部分。在大多数例子中，入口并没有被此类材料封堵，因为雪花会适时飘回洞穴，渐渐向上堆积，最终把入口最有效地封闭了起来。

我记得的所有洞穴都位于北坡或东坡上，那里更寒冷。雪花飘落时，很可能会积累下来，整整一个冬天都封闭或遮挡入口。如此看来，在大灰熊的冬眠计划中，它显然利用了积雪。

有一年12月，寒冷而无雪，我偶然遇到了一头正把云杉枝条搬进洞穴的大灰熊。从它的行动上来看，它显然先前就使用过这个洞穴，结果发现里面很冷，所以不得不搬运树枝来御寒——这个洞穴的口子很大，因此它可能想将其封堵起来。不仅如此，巢穴中的岩石地面上，也已经堆积起了30厘米厚的枝条。我还见过另外两个洞穴，地面上也覆盖着铺地之物，其中一个覆盖着松树的嫩枝，另一个则覆盖着青草和大灰熊果（kinnikinnick）。但在大多数案例中，大灰熊都是直接睡在岩石上或裸露的泥土上，地面没有这类覆盖物。

冬眠时，大灰熊可能会被赶出洞穴

当大灰熊开始冬眠时，雪就成了决定性的因素。如果大灰熊很肥硕但食物匮乏，那么一场早早降临的大雪势必导致它早早进洞冬眠。如果没有下雪且仍有食物可寻，那么它很可能就会推迟冬眠日期。

大灰熊的自身喜好及其状态——无论是肥是瘦，也是影响它冬眠的因素。我知道有两头大灰熊，其状态显然很相似，但其中一头先于另一头3周进洞冬眠。有一年冬天，我注意到有两头大灰熊在所有其他大灰熊都消失之后还到处漫游了一个多月，这两头大灰熊都很瘦——我很想知道它们为什么会这么瘦。后来，在它们不断进食、渐渐胖起来之后，它们也进洞冬眠了。一般来说，一个地区的大灰熊大约同时进洞冬眠，冬眠可能始于11月初，但在大多数地区，在大多数年份，冬眠时间很可能在一个月之后。

在阿拉斯加和西北部地区，很多大灰熊都在高高的林木线之上冬眠。在科罗拉多的群山中，我发现一些大灰熊在海拔约为3660米之处拥有冬眠巢穴。在科罗拉多南部和黄石公园地区，很多大灰熊则在海拔约为1830米之处冬眠。然而，在自己的活动范围内，大灰熊可能在任何地方冬眠，因为它在自己的领地上能找到或挖掘自己喜欢的洞穴。

除了带着幼仔的母大灰熊，大灰熊一般都独自冬眠，而有些报告和描述涉及若干成年大灰熊同处一穴过冬，但这些说法缺乏有力的证据。大灰熊在冬眠的洞穴中产下幼仔，幼仔们在诞生之后的第一个冬天，有时候在第二个冬天，都跟母亲待在一起冬眠。在幼仔们断奶之后的第一个冬天，它们通常都要在一起冬眠。

　　大灰熊一旦进入洞穴冬眠，就很可能在里面待上好多周，或许大多数时间都在睡觉，据我们所知，这段时间里它们没有食物和饮水，不吃不喝。同时，大灰熊很可能会被毫不费力地从冬眠之所赶出来，它的睡眠通常不会过于深沉，因此它的感官并没有完全关闭，可以探测外界的动静。在冬眠的每一个阶段，猎人、设置陷阱的捕猎者、洪水和雪崩都会把大灰熊从巢穴中逐出来，在每一个案例中，在大灰熊出来片刻之后，它的感官就恢复到像往常一样机警，因此它既能匆匆逃走，也能以正常的方式进行搏斗。

　　在蒙大拿的杰弗逊山谷（Jefferson Valley），一些探矿人告诉我，有一年冬天的12月初，他们立下界标，表明自己勘探地界的所有权，然后便着手挖掘一条隧道。一两天之后，他们就开始进行爆破作业，很快，他们看到一头大灰熊从一个白雪皑皑的洞穴中猛然逃出来，在山腰上惊慌逃走，而他们一路追踪，前往那头大灰熊重新钻进洞的冬眠之处。他们相信，他们发出嘈杂的声响和开枪的刺耳声两度惊醒了那头大灰熊，让它不胜其烦，最终离开了这个地区，前往一个更安静的地方睡觉。

　　有一年隆冬的一天，我穿着雪鞋沿着沟壑侧边行进，一阵吸鼻子、打呼噜的声音引起了我的注意。不久，就在我前面不远的白雪皑皑的山坡上，我看见一头大灰熊把鼻子从一个洞孔伸了出来，然后它的脑袋也伸了出来。那头大灰熊睡眼惺忪，眯着眼睛，然后又闭上，它那摇晃且下垂的脑袋越沉越低，又猛然抬起来，却不料又再次沉下去，如此重复了好几次。显然，这是一头非常困乏的大灰熊的脑袋。偶尔，它会把眼睛睁开片刻，但对外面的世界似乎不感兴趣，最后它将脑袋完全沉下去，消失在洞穴之中。

冬眠期间，大灰熊偶尔会出来透气

隆冬之后，尤其是在接近春天的时候，大灰熊有时会从洞穴中出来透透新鲜空气，活动活动筋骨，或者晒晒太阳。有一年2月，在一个灰白的日子，我穿着雪鞋沿着大南波德雷（Big South Poudre）前行，不经意间从林边看着一片开阔地的对面，却猛然警见一头大灰熊在雪地上绕着圈子团团行走，把小径上的积雪踩踏得非常结实。偶尔，它会伫立在后腿上，转过身子，朝相反的方向团团行走，或许它的巢穴就在附近。我继续前行了800来米，在另一个大灰熊穴入口附近，偶然遇见了一头大灰熊迹——在这里，那头大灰熊在一条长约18米的小径来回行走，把厚约38厘米的积雪踩踏得非常结实。不仅如此，这两个地方的情况都表明，大灰熊还在积雪中打过滚。

还有一年，大约在3月中旬，我在其他地方仔细检查一个大灰熊巢穴的情况，在巢穴附近发现了被严重磨损的小径，这些小径至少是在3周以前留下的，被反复使用过多次。其中一条小径通往一道面向东方的悬崖，那头大灰熊或许躺在那里，沐浴早晨的阳光；另一条小径则通往一个频频使用过的地点，下午的阳光可以照射到那里。

也许，在漫长的冬眠期间，大灰熊有时会变得疲倦或不安。在春天，它不时会走出来，臀部、背部或肩头上的皮毛被磨掉了。在睡眠期间，它可能会到巢穴外面做短暂旅行，消磨时间。如果巢穴较大，那么它有时就会像关在笼中的动物一样来回走动。

大灰熊冬眠之处的天气条件、海拔高度还有其他因素，决定了它们离开巢穴的时间。大多数大灰熊都会在3月出来，但也有一些落后者姗姗来迟，直到4月末才缓慢出来。带着幼仔的大灰熊母亲会留在巢穴里面，出来的时间比那些没有幼仔的大灰熊要晚几周。

在3月的一个寒冷的日子，在树木生长的地方，我偶然遇到了一头大灰熊下山的足迹。回溯这些足迹，我发现了那头大灰熊过冬的巢穴，巢穴里面铺满了沙砾，相对干净。尽管天气已经晴朗了一周，但离开巢穴的足迹只有这一行，因此我就断定这是那头大灰熊初次出来闲逛。当我到达那个巢穴的时候，正值日落时分，由于高山上天气寒冷，我就为当天夜里是否越过大陆分水岭而犹豫起来，最后决定占据那个巢穴过夜。我知道，大灰熊在春天会走出巢穴短暂地漫步，然后回到巢穴，但我做出了冒险的决定，准备跟那头大灰熊分享巢穴。我不知道那头大灰熊在那一夜是否回来过，它都干了些什么。但即便是它回来过，我在洞口大灰熊燃起的那堆篝火很可能阻止了它靠近，让它只得前往别处睡觉。

冬眠期间，大灰熊掌心上龟裂的硬皮会脱落，在春天，它的脚柔软而长满嫩肉，因此它会好多天都避免在崎岖的地面上行走。它的爪子在冬眠期间也长了出来——当它进入洞穴睡觉的时候，它的爪子就已经磨损、断裂、很钝了，但到了春天，它从冬眠之处出来的时候，新的爪子就已经长出来了，很长，而且锋利得很。

冬眠后，大灰熊好几天都不会饮食

长达几个月的斋戒之后，大灰熊在春天的状态究竟如何呢？它冬眠了 3～5 个月，在这段时间里，它或许既没进食也没饮水，但最重要的是，它出来的时候还很肥硕，一点儿也不饥饿。原来这是因为在冬眠期间，它的胃部极度收缩，内部已然完全合拢。我曾经检查过两只在早春时遭到射杀的大灰熊的胃部，发现其坚硬得如同橡胶块，里面的空间小得可怜，还不足以容纳两三勺的东西。但是，当大灰熊在漫长的冬眠之后重新出现，它依旧强壮，能以正常的效力奔跑数个小时，还能精神抖擞地进行搏斗。

离开冬眠巢穴之后，大灰熊好几天都可能不会吃一点儿东西。此后的很多天，它也吃得很少，可能要在两周之后，它的胃口才逐渐恢复正常。它最初的食物很可能是植物或树木早发的嫩苗嫩枝、块状根、膨胀的蓓蕾和青草。

一头大灰熊从冬眠的洞穴中现身之后，我连续 7 天追踪、观察它。它的冬天居所靠近巴特尔山（Battle Mountain）上的林木线，海拔接近3660米。那年冬天的气温很平均，但降雪量不足。在3月1日，就在它离开洞穴的时候，我偶然看见了它的身影。最初，它漫无目的地到处行走了一小时或更久，没吃一点儿东西也没饮一点儿水，就回到了原来睡觉的地方。

第二天，它四处漫游，直到下午才开戒进食——吃了一口柳树嫩枝，尝了尝水，然后就懒洋洋地下山，接近日落时分，在树林中的一道悬崖脚下给自己构筑了一个临时巢穴，显然要停留在那里睡觉，一直到第二天下午很晚的时候才醒来。接着，在日落之前，它走了一小段路程，嗅了嗅一些东西，几次舔了舔积雪，就回到了自己的巢穴。

第四天，它早早就出去饮水，吃掉了更多的柳树嫩枝。下午，它偶然遇到了一只死去的鸟儿并将其吃掉，那显然是一只灯草鹀（junco）。接着，它又饮了一点儿水，就躺在一棵树的脚下过夜。第二天早晨，它就开始无拘无束地饮水了，还突袭并吞食了一只野兔，然后躺下来睡觉，一直睡到第二天正午才醒来，出发去觅食。它找到了一只死去的耗子，接近傍晚时分，又抓住了一只野兔。第七天，它的饮食情况跟前一天的情况差不多。在从洞穴出来的第一周，这头大灰熊所吃的食物，分量还不及它平常的一餐。

人们尚未充分了解大灰熊的冬眠，这种习性或许源于食物的匮乏。尽管如此，在墨西哥，即便是天气温和、食物充足，大灰熊有时也会冬眠。由于这些大灰熊或许来自寒冷的北方，很可能这个物种在抵达的时候就把这一习性沿袭了下来。冬眠似乎有益而无害，因此即便不是必需的，这种习性也可能持续了很长时间。冬眠让大脑和胃部得到充分的休息，使得整个身体放松，这样既可以增加效率，又可以延长生命。

北极熊（polar bear）拥有特殊的冬眠习性。这种熊的食物是海洋动物，即便是在冬天也可以从冰层下获得。雄性北极熊不会冬眠，而雌性北极熊在生下幼仔之后会冬眠。幼仔在诞生时弱小无助，出生之后的几周，它们都需要母亲的不断照料与呵护，也需要躲在巢穴中。

冬眠是大灰熊的生存手段

J·D·费金斯（J. D. Figgins）先生曾经写过一些评论，那是我所读到的关于冬眠的最佳评论之一。我现在摘录如下：

"任何哺乳动物的冬眠期，不仅因为特定的物种而不同，还主要受到可获得的食物供应的影响，而这种食物供应是动物所习惯的，或者对于它的需求是必需的。"

"在若干种哺乳动物中，这种特性的例证可以得以引证。花栗鼠或'地松鼠'，就有这样一种习性，那就是它在秋天至少会聚集一部分食物供应，以确保它在冬天那几个月的消耗。但是，即便是有了这样的食物供应，也很难足以让这些有趣的小动物在整个周期都保持活跃。在大多数地区，没有现成可得的食物来补给它们匮乏的贮存，从 10 月下旬到来年 4 月都难以见到它们的身影。而在其他场所，在那些还有山楂（Crataegus）果或'刺苹果'（thorn apple）的地方，尽管地面覆盖着几十厘米甚至更厚的积雪，尽管低温天气肆虐，也几乎每天都能看到它们的身影来来往往。"

"另一个例证就是负鼠（opossum）。这些动物通常全年都很活跃，但在接近它们的活动范围的北部界线，它们会频频冬眠相当长的周期（从我个人观察得出的数据为 31 天）。"

"确信小型啮齿动物能够那样做——在冬天那几个月，为实际需要而聚集充足的食物，但问题是要与这种动物的体型大小成正比例。因此我们发现土拨鼠——一种体形要大得多的动物，事先却没有贮存食物，尽管它的栖居地被界定在海拔较高的地区，它的冬眠期比很多其他物种持续更长一段时间。它的食物完全由青草和其他绿色植物构成，因此如果它依靠干粮而生活，那么是很值得怀疑的。就算它能依靠干粮而生活，所需的数量也将是难以承受的，也许它会稍微努力地贮存食物，就像鼠兔一样——一种体形要小得多的动物。"

"由于杂食性和硕大的身材，大灰熊无法获得和保存必需的食物数量，除了植物，它并不吃干草，因此，大自然便为它提供了一种生存手段——周期漫长的斋戒，或许在此期间，它并没有感到有什么不适。"

"众所周知，在夏末和秋天的那几个月，大灰熊显露出对果实的偏爱。这不是因为那时是各种果实成熟的季节，而是因为大灰熊对果实中的糖分及其增肥效果的需要。果实主要由可被迅速吸收的汁液构成，消化过程很短，丢弃的残渣可以立即被排出。这可能引发人们相信大灰熊使用了一种腹泻剂来作为清洗肠道的手段，还解释了粪便中那些未碎裂的浆果的存在，难闻的气味也消失了。作为推翻这种腹泻剂理论的手段，我们只需要参考一下那些被囚禁的大灰熊就行了。尽管后者可能被禁锢在水泥地面，无法食用野外的那些东西，除了饲养员有规律地提供食物，它们也频频以一种相当有序的方式来进行冬眠。"

"必须承认大灰熊在'穴居'周期中是无规律的，还要承认它们只有在食物过于匮乏，而无法吸取它们所需的脂肪贮存来维持活动，或者处于非常严酷的天气中，才会这样干。与此同时，随着冬眠期接近，食物渐渐减少，结果肠道的活动也相应减少了。当大灰熊在春天出现的时候，洞穴中没有粪便，因为直肠中的东西的出现，这也没有任何惊讶的理由。"

"囚禁中，大灰熊可能会也可能不会冬眠。在严酷的天气里，它们通常会或长或短地'睡'上一阵。一位权威人士声明，已得知的大灰熊睡眠期为 60～75 天，在那段时间中，要唤醒它并不难。黑熊频频度过冬天，甚至没有它们打盹的证据。其他大灰熊不定期地醒来，在稍稍吃点儿东西之后，又重新回去沉睡。"

在冬天，很多动物的生活颇为严苛而奇异。在秋天，河狸会贮存食物供应，以便在池塘被冰层封冻的时候果腹；鼠兔会收集干草贮存起来，作为冬天的食物；很多动物每天都在雪地上觅食。

然而,花白旱獭和大灰熊会冬眠——即在冬天躲进一个巢穴,进行斋戒和睡觉。

第6章 大灰熊遗孤收养记

Being Good to Bears

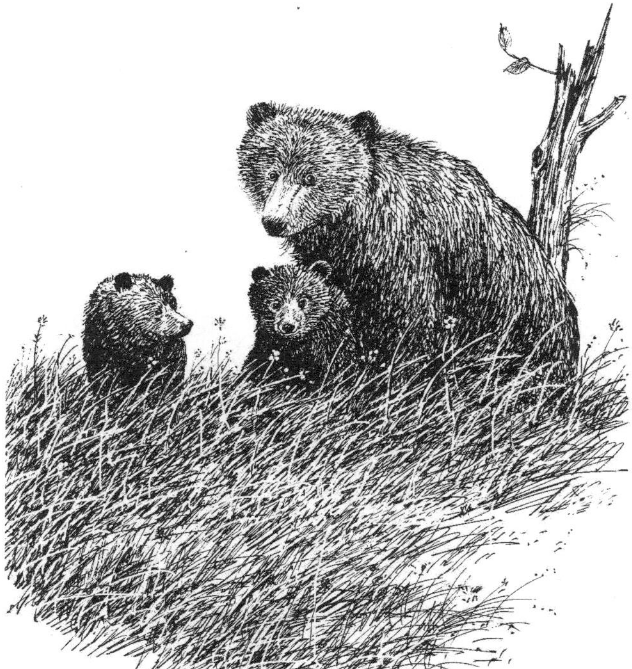

荒野中，两只幼大灰熊遗孤被人拯救，它们很快就适应了跟人类在一起的生活。幼大灰熊很聪明，好奇心和注意力特别强，喜欢跟人嬉戏，胃口还奇大，凡是能吃的东西统统来者不拒。为了争抢野树莓，它们大打出手，但事后又因为自己的不当行为而感到惭愧，互致歉意。幼大灰熊天资聪慧，在主人鼓励下开发自己的原始个性，也成功地学会了许多技能：为对方驱赶苍蝇、相互挠痒、玩硬币、吹蛋黄……柯利犬用骨头来戏弄幼大灰熊，却被对方用计成功地获得；主人让幼大灰熊享受摇椅，而幼大灰熊却摇荡过度而翻倒在地，恼羞成怒；幼大灰熊挣脱项圈而逃走，但3天后又主动归来。最终，随着这对幼大灰熊不断长大，主人决定将其送往动物园……

把两只幼大灰熊孤儿带回家

6月的一天早晨,在朗斯峰的山坡上,我偶然遇到了两只小小的大灰熊幼仔。它们的体型如同棉尾兔(cottontail rabbit),外观宛若活泼的皮毛球,颜色为深灰色,但灰得几乎成了黑色。

我知道它们的母亲不幸被猎人射杀了,还认为我可以捕获它们,将其很好地养大。但是,它们可并不想让我很好地养大,却到处躲避我!于是,我们展开了一场活跃的追逐赛,在大圆石和树木间捉迷藏,终于,我把它们逼到了倒下的木头中间,抓住了其中一只幼大灰熊,而那个小家伙也不甘束手就擒,紧紧抓住我不放,其牙齿如同针一般尖利,活跃的爪子也很锋利,因此我费了好大的劲儿才把它从我身上扯脱,但是,它的嘴却把我的裤子咬穿了一个洞。经过一番努力,我最终才把这个好斗的小家伙装进了麻袋。

而另一只幼大灰熊同样不甘示弱，不断抓挠我、咬我，撕破我的衣服，但我也把它强行塞进了麻袋。两只顽皮的幼大灰熊同处于一只麻袋里面，不断打闹，任何人都清楚会有什么样的后果！

我把它们带回我那位于 3.2 公里之外的小木屋。在扛着麻袋走下一个陡峭的冰碛的时候，我的脚不慎滑了一下，在此过程中，我自然而然就抖动了麻袋，而抖动的程度比任何麻袋都要厉害。当然，它们开始打架。其中一只幼大灰熊误将麻袋当成了对手而咬穿，几乎咬到了我的手。最后，我不得不把麻袋挑在一根长杆上，扛着那根长杆，才顺利抵达了小木屋。而系在那根长杆尖端上的，是一只塞满大灰熊幼仔、不断抖动的麻袋。

我把两只幼大灰熊从麻袋里面倒出来，放在一盆牛奶前面，将它们的脑袋深深地摁在牛奶里面。它们已经有 3 天没吃东西了，饥肠辘辘，"像大灰熊一样饥饿"，面对鲜美的牛奶，就无须做任何解释了。它们露出热切、狡黠的小脸，很快适应了环境，在日落之前就像宠物一样温顺了。24 小时之后，那只雌性幼大灰熊就知道了自己叫作"詹妮"，而那只雄性幼大灰熊也知道自己叫作"强尼"。几天之后，它们就喜欢上我了，随时都会忠实地跟着我来来往往。

这两只幼大灰熊性情欢乐，对于善良的对待会做出良好的反应。我特别注意不去骚扰或戏弄它们，因为大灰熊是一种特别敏感的动物，人类的骚扰或残忍的对待都会使它变得乖戾、易怒。我在对听众进行关于野生动物的演讲时，就曾经这样陈述过：如果我们善待大灰熊，那么它们也会善待我们。当时还有一个小男孩问我："要善待大灰熊，你会怎么做呢？"大灰熊的健康和脾气，还有人的健康和脾气，都很容易被不恰当的食物毁掉，因此在饲养大灰熊的过程中，食物也很重要。

幼大灰熊是我了解的本性最机警、观察力最敏锐的小动物。我从来不曾见过马或狗能像这两只幼大灰熊那样容易理解和迅速学习。有一天，我把一碟牛奶递给强尼，而它急不可耐地想得到，便把前爪伸近，却笨手笨脚地打翻了碟子，牛奶洒了一地，但它满足地舔食碟子上的牛奶；到了第二次，它就有了进步，只洒出了一部分牛奶；而到了第三次，它就能用两只前爪灵巧地抓住碟子，将其举起来，后仰脑袋，将牛奶倒进嘴里。

两只顽皮的幼大灰熊争抢野树莓

当强尼和詹妮成长的时候，它们都很机警，任何不同寻常的东西似乎都逃不过它们的眼睛。一颗明亮的纽扣，一枚闪烁的戒指，一张白色的手巾，或者一种不寻常的运动或声音，都会立即引起它们的注意。它们全神贯注于每一个新物体，尽力查明那究竟是什么，但在满足了好奇心之后，或者在获得对新物体的详尽信息之后，下一刻它们就准备去注意别的东西了。但是，当它们特别感兴趣的东西第二次出现的时候，它们随时都能记得。可以想见，它们能够通过仔细地观察来学习。

最初，我没有用链条系住它们，因此它们可以在院落中自由活动。我从来不曾见过有哪两只幼兽像它们这样热情、顽皮、精力充沛，它们常常独自玩耍，你推我搡，一玩就是一小时，偶尔还会相互斗殴。有时候，我也会跟它们会玩脚力比赛：我在地上划出一条线，说声"走吧"，我们就顺着山坡下行一百多米。对于这样的竞赛，它们始终表现出极度的热情，准备好跟我排成一线。在每一场竞赛中，它们的行动都如此迅速，因此它们在中途至少会两次转身，看看我是否跟了上来，而在那些日子，我的行走速度可并不慢。

强尼和詹妮喜欢跟人玩耍，跟任何不会骚扰它们的人玩耍。在来访者中间，有一个人马上就跟它们交上了朋友，开始了欢快的嬉戏。当那个人离开强尼和詹妮去吃午饭，它们竟然还紧跟不舍，躺在那个人消失的门边。当他出来的时候，它们又立即站起来，重新欢快地嬉戏起来。

为了吸引我的注意力，或者为了东西吃，强尼和詹妮会伫立在后腿上，像演说家那样伸出前爪。要是我在400米远的地方转过房子角落，它们立即就会热情地踮起脚尖，并作出手势来表达。它们是我的这个家的生命，让人欢乐，不过偶尔也让人气得要死。

这两只幼大灰熊胃口奇大，想要喂饱它们几乎是不可能的。它们什么都吃——从餐桌上收集来的剩菜剩饭、大黄、蒲公英、苦涩的鼠尾草和树皮，统统来者不拒。但是，它们特别喜欢苹果。如果我端来一只放着肉和蜂蜜的盘子，而把苹果或芜菁放在衣兜里面,那么它们往往会毫不理睬盘子上的东西,却扭住我,把脖子塞进我的衣兜,去找到自己的最爱。

8月的一天傍晚,我给强尼和詹妮带来一大串野树莓。当我距离小木屋还有30多米的时候,这两只幼大灰熊就一跃而起,嗅闻空气,然后跑上前来迎接我,显得比平时更为热情。这就像那些生活在边陲的孩子,对父母从城里带回来的一包糖果流露出十足的兴趣,但他们也无法跟强尼和詹妮对那些浆果的兴趣相比。

许多人在我的小木屋里等着看我。两只小大灰熊和我挤了进去。我递给詹妮一根缀满浆果的嫩枝,然后又递给强尼一根,就这样交替着平分给它们。两只幼大灰熊都直立起来,把那簇浆果压到自己的胸膛,从而将其夹在左前臂下面。当大灰熊在浆果地里啃吃浆果时,它们通常会咬掉细长之茎的末梢,连同叶片和浆果一股脑儿地吃下去,但强尼和詹妮吃得更为优雅、讲究:它们使用两只前爪,一次摘下一枚浆果,扔进嘴里大嚼。随着一枚又一枚浆果被吞下去,它们还发出咂嘴声,品尝浆果的时候,它们的脸上和每个动作都显露出十分的满意感。

大家纷纷凑过来观看它们的表演。推挤中,一根缀满浆果的嫩枝掉到了地板上,两只小大灰熊同时伸出爪子去抓攫,还用脑袋抵撞对方,大发脾气,争夺这一枝的浆果。见此情形,我就抓住它们的项圈摇了摇。

"哎呀,强尼和詹妮,"我说,"你们为什么要这样干呢?我们招待客人的时候还这样出丑!我该拿你们怎么办呢?"

听我这样说，它们立即停下争吵，甚至忘记了那些浆果。好几秒钟，它们都极度窘困，眼睛只盯着地板，不曾抬头。接着，它们的脑子里似乎突然产生了同一个念头，便直立起来，面对面，把前爪放在对方的肩头上，发出"呜—啊—呜"的声音。显然，它们在相互致歉，为自己的不当行为而感到惭愧。

聪明的幼大灰熊喜欢模仿、学习

这两只幼大灰熊接受浆果的举止，它们初次看见蘑菇、在一段距离开外嗅并奔上前去的事实，还有它们在其他场合偏出道路去获得大灰熊通常喜爱的植物，都让我认为它们继承了大灰熊通常要吃的各种食物的口味。

有一天，我们外出的时候偶然遇到了一队正在行军的蚂蚁，强尼和詹妮丝毫没有犹豫，便追踪这队蚂蚁，一路将其舔食得干干净净。那队蚂蚁最终消失在一块石头后面，就在此时，强尼把一只前爪插进去，将石头猛然推到一边。令我很惊讶的是，它的力气竟然如此之大。

我从来不曾想过把任何诡计教给强尼和詹妮，而是鼓励它们开发自己原始的绝技或个性。有一天，詹妮被一只绿色的大苍蝇所吸引，那只苍蝇落在强尼的身上，于是詹妮就伸出爪子去拍打，那只苍蝇躲开后又落了下来，詹妮再次拍打。我见状，只费了一点儿力气，就成功地教会两只幼大灰熊发出嘘声来为对方赶走苍蝇，有时候，它们俩会同时忙于为对方驱赶苍蝇，尤其是当其中一只幼大灰熊懒洋洋地躺着，而另一只幼大灰熊则热情且一本正经地发出嘘声的时候，这样的行为很滑稽。

我鼓励它们的另一种活动，就是大灰熊习惯用一只前爪去搂住对方的脖子，再用另一只前爪去摩擦或抓挠其脑袋后面，给对方挠痒。在很短的时间内，它们在相互面对的时候，都会同时完成这样的表演。

像其他孩子一样，强尼和詹妮也喜欢水，屡屡在它们窝棚旁边的小溪里打滚、蹚水，因此度过了很多欢乐的时光，这毕竟是它们很喜欢的嬉戏方式。面对它们可能用最活泼的方式来打滚、溅水的情景，我流露出很感兴趣的表情看着它们。

有一天，强尼似乎对我干的事情表现出异乎寻常的兴趣，便连续不断地模仿我的很多表演。我把一枚一美分的硬币扔在地板上，然后弯下身子，用一根手指尖去触动它，并迅速将其到处移动。强尼见状便伫立在后腿上，举起一只爪子，然后弯下身子，把爪子放在硬币上，迅速将其到处移动。从鸡蛋中把蛋黄吹出来，也是一例。我在强尼面前举起空空的鸡蛋壳，然后放在地板上，开始用一根手指尖迅速将其到处移动。强尼在舔食了空蛋壳之后，模仿我的每一个动作，没把蛋壳压碎。

当詹妮在草地上熟睡的时候，我把一把大伞放在它的上面。当它睁开眼睛，它尽管有些害怕，却立即开始安静地研究这件陌生之物。它先是闭上一只眼睛，把脑袋转向另一边，仰望着那把伞，然后它转动脑袋，闭上另一只眼睛看了看。不久，一阵风突然吹来，让那把伞活动了起来，也让詹妮活动了起来——詹妮不顾一切地奔跑，试图逃脱那个陌生的怪物。那阵风把伞吹旋到它的前面，而它在奔跑之中恰好踏在伞上，踩坏了伞，这就使得它更为恐惧地奔逃，每一次跳跃还发出咆哮声。后来，我花了一个多小时来对詹妮解释事情的原委，向它保证我没有对它玩弄任何诡计，它才作罢。

柯利犬戏弄幼大灰熊，却以失败告终

当强尼和詹妮渐渐长大，斯科奇——我养的那只短鼻柯利犬也跟我在一起。强尼和斯科奇相互喜欢，尽管双方都有点嫉妒对方受到主人的关注，它们也相处得很好。它们常常角力，有时候它们在混乱的打斗中，玩得相当粗鲁：玩疯了的时候，斯科奇会瞄准强尼的脖子紧紧咬住不放，用一只前爪捶击强尼敏感的鼻尖，而强尼也不甘示弱，如果可能，它就会一口咬住斯科奇的尾巴，用自己那针一般锋利的牙齿死死咬住不放。

它们玩弄对方最有趣的一次恶作剧，就是以一根骨头为诱惑物。当斯科奇发现强尼热切地看着自己的时候，它很喜欢对方露出这样的神情，显然，强尼很想要这根骨头。一会儿之后，斯科奇就一跃而起，朝着强尼的那边眺望并且吠叫，仿佛某个有趣的东西正从那个方向来临。然后，它就咬起那根骨头走开，在强尼的前面经过的时候，它便扔掉骨头，发出一声吠叫，继续前行了一小

段距离，又吠叫了一两声，便躺下来假装观察那个位于远处的子虚乌有的物体。但强尼对骨头更感兴趣，而斯科奇扔掉骨头的地方，却在距离强尼的几十厘米开外——强尼被链条拴着呢。有好一阵，强尼伫立着，把鼻子朝向骨头，显然在深思自己如何才可能得到那根骨头。最后，它把系着的链条拉扯到了最大限度，伸出右前爪，但即便是这样，它还是无法接近骨头。尽管它也意识到自己大概无法用左前爪抓到骨头，但它无论如何都要试一试。

斯科奇始终从眼角瞟着强尼，观察它的一举一动，对于强尼的失败，它显然感到很享受。强尼伫立着，看着那根骨头，斯科奇则继续看着强尼。突然，强尼有了主意。只见它转过身去，伸出较长的后腿，把那根骨头往前挪动到自己可以用前爪拾起来的地方，终于得到了骨头。斯科奇见状震惊不已，一下子就跳了起来，没吠叫一声也没回头看一眼，就匆匆离开了，样子很沮丧。

强尼和詹妮还很小的时候，常常让我想起小男孩和小女孩。它们经常会跟着我进入小木屋。如果我坐下来，它们就会靠近我，伫立在后腿上，把前爪搭在我的膝盖上面，仰望着我。它们会玩耍我的表链，窥视我的衣兜里的东西，注意我的铅笔，要不就看着我外衣上的纽扣。有时候，它们会绕房间一周，仔细审视木头上的一个瘤结，或者停下几秒，看看书架上的书或者放在书架尽头的杂志封面。然后，它们就像孩子一样，再次绕着房间行走，用前爪到处轻轻叩击，像孩子一样匆匆而行。它们还不止一次爬到我的膝部，拉扯我的耳朵，触摸我的眼睛，玩耍我的头发，最后两只小大灰熊靠着我的左右臂沉沉睡去。

有一天，我抱着强尼，认为它会喜欢大型摇椅，就把它放在这样一把椅子上，让它把两只前爪各自搭在两边的扶手上，它就那样端坐着，很像一个小老头。当我开始摇动椅子，它流露出怀疑的神情，还是因为兴奋地从上面看过去而有些受惊，它先是看着一根摇臂，然后又看着另一根摇臂，不久就平静了下来，似乎很享受这种运动。不一会儿，它就完全进入了这种摇摆的运动状态，而且开始自己摇晃起来。突然，这个小老头和摇椅向后翻倒，看见它掉在地上时流露出的那种生气的表情，我赶忙就跳到位于中心的桌子上。而它从地上爬起来，挥掌对我一击，几乎击中我，然后就开始活泼地乱咬我的脚踝，它因为自由落体法则而责怪我。但几秒钟之后，它又认为我不曾对它玩弄诡计，意识到我不该为发生的事情而受到责备，便不再生气，像往常一样嬉戏起来。

一只幼大灰熊逃走3天后主动回家

这两只小大灰熊迅速成长，到了7个月大的时候，强尼的体重就达到了大约27公斤，而詹妮则达到了大约20公斤。

随着来访者越来越多，也随着两只幼大灰熊的体型不断增长，最终我不得不用链条把它们拴起来。但两只小大灰熊从来就没安分过，几乎始终在活动——不是来回踱步，就是绕圈子。它们身上长长的链条经常跟小树枝、草丛或灌木丛纠缠在一起。有时候，两只幼大灰熊显得很不耐烦，但它们通常都会仔细检查链条，用前爪将其抓住，左右走动，通常都会做出非常的动作，让链条解脱或展开。在这样做的时候，它们表现的那种严肃而集中的注意力，显得非常滑稽好笑。

一天早晨，强尼爬到自己被拴在上面的那根围栏桩顶上，随着快乐、顽皮的活动，它在桩顶上把链条缠绕到了末端，然后它像一台引擎，没有转动就倒转了自己的方向，又朝后面蹦跳——这是强尼特别喜欢的锻炼，也是我鼓励它去做的游戏，但在这个早晨，正当它享受美好时光之际，却不料跌向后面，链条纠缠成了一团，强尼发现自己被吊了起来——大灰熊最愤恨自己脖子被系着吊起来，因此，强尼就迅速踢腿，结果让自己从项圈里面摆脱了出来。我想，它在发现自己获得了自由并且认为受到了虐待之后，便匆匆逃走了。3天之后，这个逃跑的孩子决定回家。我看见它从山腰上的树林中走出来，进入一个开阔地。即便是隔着一段距离，我也能看见它原来那个圆滚滚的大肚子消瘦了下去。我朝它走去，它对食物很感兴趣，早在它抵达我之前，它就伸出前爪，到处手舞足蹈。

在这场表演的中途，它想起自己如果想要食物，那就必须赶快来到我跟前。因此，它止住了自己最初的冲动，立即开始让第二场表演产生效果。这些不完整的举动三四次相互混淆、出错，显然，在我出现之后，它的一种纠结的心理随之而来。尽管它试图同时做两件事，在滑稽的混乱中到处翻筋斗，但很显然，通过这一切，它最主要的念头是想从我这里得到食物。

有一年9月，我们外出到怀尔德盆地（Wild Basin）扎营，强尼和詹妮快乐得就像两个孩子一路向前奔跑。有时候，它们跑在我的前面，有时又落在我的后面，偶尔它们还会停下来角力、捶打。夜里，它们在营火旁边靠近我躺下来，我常常把强尼或詹妮当作枕头，但当我醒来的时候，我却不止一次发现它们把我当作了枕头！

当我们沿着一块冰碛顶部攀登的时候，一头黑熊及其两只幼仔来到距离我们也许只有9米的范围之内，由于它们看见了我们的身影或者闻到了我们的气味，那两只黑熊幼仔和它们的母亲便竖起了毛发，接着便极为惊恐地逃之夭夭，而与此同时，强尼和詹妮仅仅在我前面不远处继续前行，两者都滑稽地假装自己没有看见那几只黑熊，当然，它们还流露出了不屑一顾的贵族举止！

那个负责我的住所的人，既不了解也不同情这两只精明、机警而且好斗的幼大灰熊。有一次，我离家外出的时候，他便去逗弄强尼，因此一场不可避免的冲突就随之而来，结果那个人进了医院。还有一次，那个人把一盘酸牛奶放在地上，置于詹妮的面前。大灰熊需要学会品尝酸牛奶，但詹妮尚未喜欢上这种食品，它只是性情乖僻地闻了闻，便置之不理了。那个人见状便咆哮起来："喝吧！"还踢踹詹妮的肋骨，这样的结果就可想而知了，我们不得不再度派人去叫救护车。

最后，强尼和詹妮的体型长得越来越硕大，不再适合饲养，它们最好的归宿似乎是前往丹佛动物园。但送走它们之后，我又心有不忍，以至于在两年之后，我才有兴趣前去探访它们。在动物园的一个大型围栏中，它们跟很多其他大灰熊待在一起，我跳了进去，大声呼喊"强尼，你好！"强尼听到我的呼喊，便完全清醒地跳了起来，直立着，伸出两只前爪，以迎候我的那种姿态发出了几声快乐的咕哝。而在它身后的其他大灰熊中间，詹妮也站起脚尖，热切地观望着我。

第 7 章　徒手追踪大灰熊

Trailing without a Gun

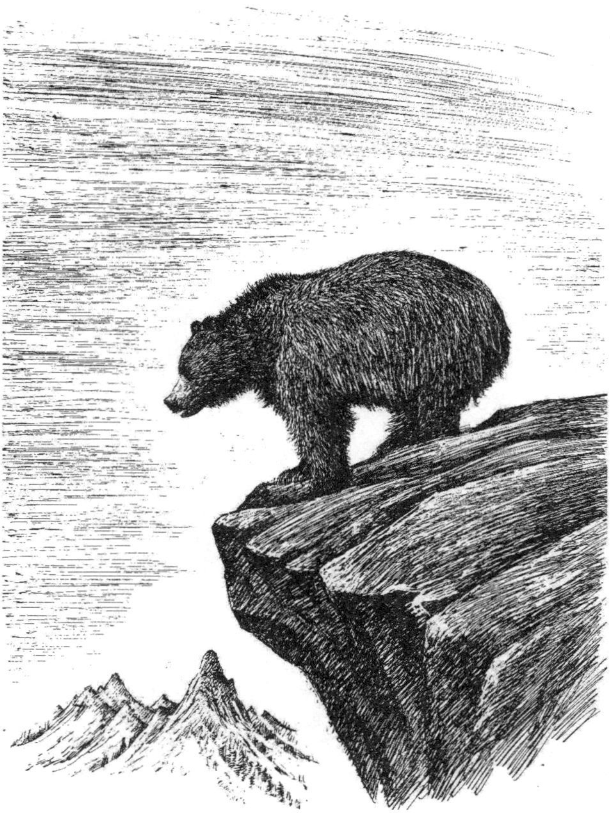

一头叫作"老林木线"的大灰熊在大陆分水岭附近活动。为了近距离拍摄它，追踪者便开始尾随它，但其行踪飘忽不定，难以预料。这是秋天，这头大灰熊前往高处觅食，它时而挖掘食物，时而躺下休息，但始终处于高度警惕的状态，常常让追踪者不得不避开以免被它探知。旅途中，这头大灰熊还迅速滑下白雪皑皑的山坡，样子何其欢乐！而它一闻到追踪者滚下去的石头上沾着人类气味，便迅速逃之夭夭。来到一条溪流旁，它对追踪者摆开迷魂阵——它貌似走过横跨溪流的木头而消失得无影无踪，实则从木头上进入水中，朝上游涉水而去，其间还不断改变行进方向，而更令人意想不到的是，这头大灰熊竟然反过来尾随追踪者，还试图埋伏以待，败露之后，它咬牙切齿，愤怒地咆哮……

那头大灰熊似乎发现我在跟踪它

我来到了怀尔德盆地,希望能看到一头大灰熊并进行追踪。这是 11 月初,明亮的阳光照射到 10 厘米厚的新雪上,使得追踪条件良好。如果可能的话,我想接近一头大灰熊,仔细观察它的活动方式一两天。

正当我攀登到大陆分水岭东坡最后的树木之上,我就看见一头大灰熊沿着一条狭窄的峡谷的另一边慢慢溜达,在天际线上大胆地露出自己的身形轮廓。我靠得如此之近,因此我能通过望远镜认出它是"老林木线"——一头丢失了两个右前趾的大灰熊。这是一头地道的北美大灰熊,一头几近白色的老大灰熊。于是,我穿过"老林木线"的活动范围,对它进行了 3 天的追踪,夜间就在它留下的踪迹上扎营。我随身仅仅携带着短柄斧、柯达相机、望远镜和一包食物，没有带枪。

到了我越过峡谷的时候，那头大灰熊却消失了，但留下了一行清晰的足迹通向西边。我沿着这些足迹追踪，越过大陆分水岭，在分水岭的另一侧进入下面的树林。在一丛散落的树木中，那些足迹急剧右转，然后又走回来，朝东边而行，这行足迹靠近那头大灰熊的第一行足迹，这仿佛是"老林木线"转身回来，以便遇见任何可能尾随它的人。

在追踪和研究大灰熊的生涯中，我很早就得知了一件令人印象最深刻的事，那就是如果追踪并骚扰一头受伤的大灰熊，那头大灰熊有时就会把自己隐藏起来，对追踪者进行伏击。我从来不曾冒险进入这样的险境，只要踪迹路过可能隐藏大灰熊的木头、大圆石或灌木丛等处，我都会小心谨慎地避开，从侧面去打探清楚是否有埋伏之后，才会继续前进。

"老林木线"的足迹表明，它不时伫立在后腿上，聆听周边的动静，还转身打探背后的情况。从它的行为来看，它仿佛知道了我在跟踪它，但它尚未确切地发现我。所有的大灰熊都是最高级的侦察兵，始终处于警戒状态，即便是在休息的时候，它们的感官也不会停歇，会继续履行哨兵的职责，而在旅行的时候，它们的行为也很正确、严密，仿佛它们相信有人在追逐自己。

我沿着小道一路前行，很想知道这头大灰熊下一次会在哪里转弯。我发现，在一个空旷地边缘，它爬上了一块突岩，显然在那里伫立了好几秒钟，不断观察、聆听，然后就从突岩上转过身去，继续向西行进，走向大陆分水岭顶峰上的一个山嘴。

我们来到了那如今是落基山国家公园南端的地方，这头大灰熊和我本人都置身于大地高高的天际线上，我们横越的那片地域海拔为3050～3650米，土地多半位于树木生长的界限之上，一条条长长的沼泽地纵横，偶有一座高峰在我们头上高耸而起，长长短短的山岭东西交错，从顶峰的高度上，看得见形形色色的峡谷在下面延伸，或宽或窄，或长或短。

越过大陆分水岭上的这个山嘴，这头大灰熊就进了树林。在这里，它到处滚动并撕开木头，寻找蛴螬和蚂蚁，为此耗费了不少时间，使得我几乎赶上了它。从一块嶙峋的突岩上，我穿过那些散落的树木观察它，直到它再度前行。但几分钟之后，它又停下来搬动木头、觅食。当它抵达树林中的一个空旷地，我想知道它究竟会从右边还是从左边绕过空旷地。但让我惊讶的是，它丝毫没有犹豫，就以闲逛似的漫步径直穿过了空旷地，低垂着脑袋，从一边轻松地转到另一边，左顾右盼。但是，当它被较远处的树木遮住的那一瞬，它就站了起来，把前爪搭在一棵树上，小心翼翼地窥视外面，想看看自己是否被人跟踪。当它到达林中的下一个空旷地，它再也没有径直穿越而过，却小心谨慎地环绕而行。这样的行为，使得你永远不知道大灰熊下一步会怎样行动，也不知道怎样去预测它的行动。

"老林木线"动身走向下面的一条峡谷，仿佛要呈对角状走到一条冲沟底部。于是，我匆匆抄捷径赶到前面，准备好在它从下端出来时给它拍照。但出人意料的是，它永远都没有现身。等了一会儿之后，我不得不原路返回，却发现它仅仅走下冲沟一百来米之后，就原路返回到峡谷顶上，再沿着峡谷边缘前行了大约1.6公里，然后，它就直接下行到谷底，在峡谷的另一侧径直爬上了顶部。

那头大灰熊处于高度警戒的状态

在秋天，大灰熊多半会前往高处觅食。"老林木线"的踪迹再次通往高处。当我下一次瞥见它的时候，它正在林木线之上挖掘食物，但由于天色几近黑暗，我就不得不原路返回一段路程，进入树林，靠近一道悬崖的底部生起一堆篝火。在这里，通过清晰的夜色，我看见群峰赫然高耸而起，四周点缀着万千颗寒星。

在日光从天边出现之前，我就离开了营地，爬到一道无树的山岭顶上，认为那头大灰熊可能会从那条路上出现。随着时间的推移，它果真出现了，就在我东边大约400米之处。它伫立起来朝四周观察了几分钟，就开始动身沿着山岭进发，显然打算在它前一天越过大陆分水岭之处的附近攀登，重新翻越回去。由于我无法从这个地点靠近它，我就决定去追踪它在前一夜留下的踪迹，如果可能的话，去查明它究竟干了些什么。

就在它下面不远处，我发现了它的足迹，便回溯到一个地方，而它留在那里的足迹表明，它靠近一个新近挖掘的巢穴入口处过夜。几周之后，我才得知这个巢穴就是它在那个冬天冬眠之处。再前行不远，我就来到了前一夜我看见它在挖掘的地方，它显然成功了：积雪上洒着几滴血，表明它捕获了某种小动物，也许是一只鼠兔。从这个地点，我一路前行，往东追踪"老林木线"，接近中午，我终于在大陆分水岭顶峰上瞥见了它的身影。

它在林木线之上漫游的时候，它并没有让面庞迎风，以便实施警戒、预防来临的危险。在这里，它可以观望到罗盘上的每一个点。尽管它从容不迫地漫步而行，但我知道，它的感官却处于高度警戒的状态——它那哨兵一般的鼻子从未打盹，它的耳朵从未停止聆听、搜索。攀登到积雪覆盖的山岭顶峰上，它就背对着风躺了下来。显然，它依赖风把自己身后任何危险、警告性的气息传递过来，而与此同时，它也警惕着前面任何可能发出的动静。任何东西，只要接近到 400 米的范围内，它立即就能探知。它左顾右盼。仅仅短暂地休息之后，就站起身来继续前行。

我希望在某个时候，我能在八九米的距离之内给"老林木线"拍照。但我一直也更渴望去观察它，去看看它吃什么东西、它走向哪里，以及它干些什么等等。于是我坚持不懈地尝试，尽可能去接近它。当然，我始终也记得不要让它看见我的身影、听见我的动静或嗅到我的气味。为了防止它嗅到我的气味，我还不得不特别小心谨慎，在匆忙赶往任何一个有利地点的过程中，我常常都不得不停下来，注意地形，改变前进的方向，因为一阵气流很可能突然从前面不为人知的峡谷中吹上来，把我的气味带给那头大灰熊，让其逃之夭夭。

接近山顶，吹来的风不时会遭到山岭和峡谷阻挡，因此不断改变方向。在一个小小的区域内，盛行的西风可能会变成北风，再前行一小段路程，风又可能会从西南方吹过来。当那头灰熊置身于峡谷中某处，为了避免可能被它嗅到，我常常还得完全爬出峡谷，在高地上匆匆赶路。

那头大灰熊在雪坡上快乐地滑行

追踪过程中，我通常沿着大灰熊迹前行，但有时也会抄捷径。只要"老林木线"还留在这道无树山岭那布满沼泽地的顶峰上，我就无法接近它。但是，当它开始动身下山，我就会匆忙赶到山坡下面，希望走到它的前面，在它可能经过之处附近，把自己隐藏起来，准备好给它拍照。我在树林中隐身前行，朝西边匆匆行进了大约3.2公里，接着又向上攀登，隐藏在山岭边的一堆岩石中。

不久，我就看见"老林木线"慢悠悠地走来了。当那头大灰熊距离我不到150米，它就收住了脚步，精力充沛地挖掘起来。只见随着它的前爪扒动，大量的泥土不断翻飞到它的身后，偶尔它也会挖出一块大石头，用一只爪子抛在左右。其间，它还一度停下挖掘，伫立在后腿上，朝四面八方环顾，仿佛感到有人在偷偷接近。接着它继续挖掘了几分钟，又伫立起来嗅闻空气，这还不算，它迅速走到一块突岩上，那里的视野很宽阔，它可以从山坡一直观察到下面的树林。没发现什么可疑之处，它又踩在自己以前留下的足印上，返回挖掘之处。经过一番努力，它终于发现了某种隐藏在巢穴中的小动物，我透过望远镜看见它不断左打右扑，接着又跑出来追逐那只小动物。在它挖掘的那个洞孔中四处嗅闻之后，它就再度动身出发，径直走向那块突岩，踏在以前留下的清晰的足迹上，走下大陆分水岭陡峭的东坡，前往树林。我匆匆赶往那块它站在上面打探过动静的突岩，目送它渐行渐远。

"老林木线"刚一抵达白雪皑皑的陡坡，就蹲下身子，开始滑下去。这是一头在大陆分水岭上向下滑雪的大灰熊！只见它多么快乐地滑行，把爪子搁放在膝盖上！在一个地方，它猛地冲过一块白雪皑皑的突岩而落了下去，下降了一米多。在此过程中，它欢乐十足，猛然举起两只爪子。很快，它就发现自己的滑行速度超过了限制，于是它侧首回望，把爪子伸到身后紧急制动，但是，由于这样的行动并未充分奏效，它又旋转身子，平坦地趴在积雪上滑行，把爪子和脚趾插入雪面，滑行速度这才慢下来。

然后，它再度蹲着，用两只前爪迅速向后划动，让自己运动起来，继续朝底部滑去。在滑下一个大约 30 米或更长的陡坡的时候，它要么对自己完全失去了控制，要么纯粹是因为热情而想自由放松，只见它向前滚动、翻倒、不顾一切地下滑。一到达底部，它就站起身来，朝四周观察了几秒钟，然后就返身朝山坡上攀登，爬到山坡中途，它又开始滑下来。在这场快乐的滑行结束时，它抵达了树林边缘一块开阔的平地。

由于天色几近黑暗，我再也无法看见或追踪那头大灰熊，而且在夜里跟踪它毫无用处，于是我就决定把一块石头从突岩上滚下去，滚到它的附近。我曾经两度注意到，它对那些从上面自然风化、脱落到它附近的石头无动于衷，但它听见我滚下去的这块石头发出响动的时候，便站起来看了看，这块石头在距离它几米之处停了下来。它把鼻子伸向岩石，嗅空气，然后又走上前去嗅。很快，它立即伫立在后腿上，专注地朝着我所藏身的山顶仰望，思索了两三秒之后，便转身逃走了。显然，那块石头把我的气味传递给了它。

为了摆脱我，大灰熊摆开迷魂阵

第二天早晨，我离开营地，穿过树林追踪"老林木线"留下的足迹。它径直向南几乎跑出了32公里，来到了一条小溪。然后，在某些路段上，它聪明地隐藏、纠缠、扰乱了自己的踪迹，我从未见过有哪种聪明的动物能与之较量。大多数动物意识到自己留下的气味能引来其他动物跟踪自己，但据我所知，大灰熊是唯一似乎完全意识到自己的踪迹会泄密的动物。因此，它在旅途中会做出意外的转折和返回，在不会留下足迹的地方行走，还会到处践踏，把显露足迹的地方弄得一片狼藉，难以辨识。

大灰熊一到达小溪，就踏在一根倒下的木头上越过溪流，从这根木头的末端，它跳跃到较远处的一丛灌木之中。我迂回绕出一个圈子，认为在那丛灌木的另一边会找到它的踪迹，但由于它有可能还隐藏在里面，我就不想冒险进入那丛灌木，只是把一块石头扔进去，试探里面有无反应。然而，那头大灰熊及其踪迹似乎早已消失得无影无踪。在那丛毗邻小溪的灌木外面，我顺着溪流朝下游走去，时刻都期盼发现它的踪迹，结果却一无所获。然后我返回那根木头重新勘查——那头大灰熊就是从木头上面越过小溪，跃进那丛灌木的。

仔细检查踪迹，我这才发现了我此前忽略了的东西：那头大灰熊在跳跃到灌木丛中之后，竟然转过身来，跳回到木头上，小心翼翼地踩在它此前留下的脚印上面。它再从木头上面走进溪水，一路涉水朝上游行进了大约400米，当然没有留下一丝踪迹。在一个可以充分隐藏其踪迹的地方，它从水中一跃而起，跳到北岸的一丛柳树中。从柳树丛中，它又远远地跳跃到雪地上，然后朝北边返回，这条线路与它那32公里的踪迹并行，两者相距大约30米，仿佛它故意要返回我从山坡上把石头滚到它身边的那个地方。

尽管如此，我当时未能立刻发现这一切。此前，在我搜寻其踪迹的过程中，我在溪流北岸朝上游而行，未曾注意那丛它跳进去、被碾压过的柳树，就路过而去。我越过溪流来到溪岸的更高处，又开始在另一边朝下游返回，在此过程中，我偶然看着溪流对岸，这才发现了那丛被碾压过的柳树。但是，为了解开这些纠缠的踪迹，我耗费了好几个时辰。

当我朝北边追踪那些足迹，行进了将近两公里，踪迹却突然消失在一个没有积雪的地方。显然，那头大灰熊事先就打算要利用这个光秃之处，因为它在这里的走动最有可能迷惑追踪者。它所做的三件事，对于追踪者始终都或多或少具有迷惑性甚至欺骗性：它改变了行进的方向，它没有留下足迹，它还越过了它以前留下的踪迹，因此就把以前和现在的气味混合了起来。它迷惑了鼻子，没有给眼睛留下记录，还打破了大致行进的方向。

在这个没有留下踪迹之地，由于无法判定那头大灰熊越过的路线，我就只好围绕这里而行，一直保持在雪面上行走。当我环绕着走过了一半路程，我才偶然发现了它的足迹离开了光秃之处。在这里，它把行进方向从向北改成了向东，越过它以前留下的踪迹，继续前行了几米，接着就从向东骤然改成向北行进。

那头大灰熊竟然反过来跟踪我

我沿着大灰熊迹匆匆赶路。几公里之后，我就看见了也许它在前一夜吃掉了一只大角羊的部分尸体的地方。从留在那具尸体上的齿印来判断，那只大角羊是被狼群杀戮的。踪迹大体上继续朝北边延伸，跟顶峰平行，但位于顶峰下面一点。当我追踪之际，那些足迹接近了林木线，而那里的树木四散，视野相当开阔。

突然，直行的踪迹中断了，向右前行了150～180米，进入了树林，仿佛"老林木线"想起了一个自己必须再次去拜访的熟人。它匆匆径直前行，前往一棵被过度抓挠的英国针枞（Engelmann spruce），这棵树上留下了很多大灰熊的齿印和爪印，尽管没有最近留下的，但有很多都是以前不同时期留下的。"老林木线"显然嗅了这棵树的底部，然后站起身来，尽力把鼻子伸到高处嗅树皮，没有啃咬也没有抓挠。接着，它就前往附近的两棵树，而那两棵树上都有大块的木料被啃咬或撕扯了下来，它在此地到处嗅闻。

回溯它的踪迹，来到它突然急转之处，那头大灰熊大体上重新向北行进。当它停在一道山岭上开始挖掘的时候，我匆匆越过一条狭窄的林地，尽可能勇敢地匍匐爬过去靠近它。在它挖掘之处，大量的泥土和石头被堆积了起来，能装满一辆运货马车。当我观察它挖掘，一只花白旱獭突然冲了出来，却不料被那头大灰熊赶上、抓住。在享用了花白旱獭之后，那头大灰熊才继续慢吞吞地前行，消失在视线之外。

我穿过大树林、小树丛和开阔地追踪大灰熊迹。追踪了一小时或更长时间，我都不曾看见它的身影，于是就爬上一道悬崖，希望能在前面的某道山岭上瞥见它。我能看见它留下的那行足迹越过较远处的一道低矮的山岭，感到它依然在前面约有一小时路程之处。但是，在从悬崖上下来的时候，我偶然回顾自己来时留下的足迹，而就在那时，那头大灰熊突然从我后面的树林中走出来，我这才反应过来：原来它竟然在跟踪我！

我不知道它是怎么发现我在跟踪它的，它可能看到了我的身影，要不就闻到了我的气味。无论怎样，它都没有直接返回来，因为那样它会暴露自己，当我发现它的时候，它正接近实施它那计划周密、令人惊讶的突然出现。后来我查明，它在远远的前面就离开了一路前行的小径，却转过身来，踏着自己的足印往回走了一段路程，还在这个地段上反复踩踏了好多次，然后就跳跃到矮小的林木中，在树林侧边离开，在那里，在经过那践踏过的小径的时候，它的足迹没有显露出来。为了不被注意到，在它开始绕圈回来的地方，它还故意弄乱了自己的足迹，绕到我的后面，偷偷溜进来。

但是，我发现那头大灰熊在跟踪我之后，就缓缓前行，仿佛我并没有察觉到它就在附近，在有遮蔽物挡住的地方，我转身回顾，看见它就在距离我大约90米之处跟踪我。当我停下脚步，它也停下脚步；我前行，它也前行。偶尔，它会从灌木丛、一棵树或一块大圆石后面偷偷观察我。这头大型野兽如此近距离而又小心翼翼地跟踪我、观察我，让我感觉起来很奇怪。但我并没有因此而受惊和害怕。

大灰熊躲在我的前面，埋伏以待

于是，我决定对它还以颜色。我越过一道山岭之后，那头大灰熊便看不到我的身影了，于是我赶紧右转，匆匆跑出几乎1.6公里，然后绕着圈回到那头大灰熊后面的小径上，我静悄悄地前行，想象它还远在前面。突然，在不经意间，我吃惊地看见那头大灰熊的身影在一块大圆石后面一晃而过，就在前面仅有90米之处——它正埋伏以待，等着我到来！原来，在我离开小径绕到它后面的那个地方，它停了下来，显然在猜测我的行动。它在自己的小径上转身，沿着小径往回走了一小段距离，就躺在那块大圆石后面等着我。

发现那头大灰熊之后，我就继续前行了几步，它却为了躲藏身子而到处挪动。我朝着一棵高高的针枞徐徐前进——我之所以这样做，是打算一旦它冲过来就爬上树去，为此我感到安全，因为我知道大灰熊不能爬树。我在针枞旁边停下来，看得见那头大灰熊在大圆石后面窥探我时露出的银灰色皮毛，而就在我跟它渐行渐远的时候，我还能听见它的咬牙切齿、咆哮声，仿佛因为跟我斗智失败而怒不可遏。

如果我走进它的埋伏圈，它究竟会对我干什么，那就只能猜测了。猎人追踪受伤的大灰熊，常常因为遭到对手的伏击而丧生。但是，这头大灰熊既没遭受枪击，也没有受到骚扰和折磨，它究竟会怎样对待我，我就不得而知了。

一般来说，当大灰熊发现自己被跟踪的时候，乃至于它仅仅认为自己被跟踪的时候，它都会立即赶紧跑到自己的领域上的另一个地方，正如这头大灰熊在我扔下石头之后所做的一样。但是，"老林木线"一发现自己被跟踪了，便偷偷绕出圈子来跟踪我。如果一头大灰熊感到自己尚未被看见——即它的行动没有受到怀疑，那么它经常会偷偷绕出圈子来跟踪那些跟踪它的人。但是，在我所了解的其他案例中，一头大灰熊在意识到自己被看见之后，一般都会逗留、闲荡。在"老林木线"发现我绕到它的后面之后，它就知道我了解它的地方在哪里、它在干什么。

但是，"老林木线"并没逃走，却沿着小径回来，等待我的来临。它究竟有何意图？它是想要攻击我，还是因为我不同寻常的行动，它试图发现我的行动究竟是什么，而被好奇心战胜了？我决定最好不要去进一步追踪它，我也不希望在当天夜里与这个狡猾的、轻脚轻手的家伙在树林中同行。我下行了一小段路程，来到树林间，生起一堆篝火。我在篝火与悬崖之间过夜，很满意自己仅仅一次旅行就有了够多的历险经历。

追踪充满历险。我学到的很多关于森林知识的最佳课程，我有过的一些最惊人、最有益的旅行，就是我追踪那个策略大师——大灰熊的旅行。有时候，我会不舍昼夜地追踪，在好几次追踪它的过程中，我都智胜了它，但它更为频繁地智胜了我。每一头大灰熊都拥有速度、技能和忍耐力，而且还拥有智力，常常显露出令人惊骇的计划、谨慎、勇气和大胆。

徒手追踪是一种活跃的生活，是最严格、最适合男人的秩序的探查活动。就追踪者那个方面而言，他把自己丢失在荒野原始的游戏中。如果说还有哪种别的经验能像追踪大灰熊一样具有教育意义，是很令人怀疑的。

第 8 章　大灰熊在山野嬉戏

When the Grizzly Plays

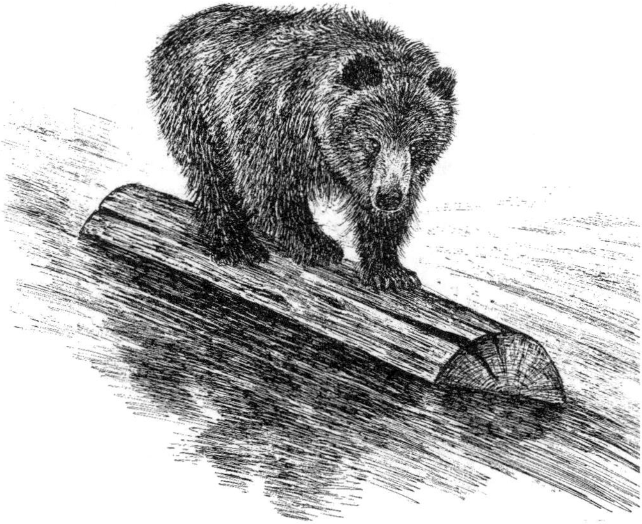

嬉戏是大灰熊的普遍习性。在一条山溪里，大灰熊如同男孩，久久地玩弄一根木头，那场面令人瞩目：它时而抱着木头把玩，时而试图站在木头上却翻倒在水中，时而放开木头任其漂流，时而又冲上去将其抓回来……大灰熊还喜欢戏水，在池塘中往来驰骋，一路飞溅着泥水。但是，大灰熊最常见的嬉戏无疑是滑雪：在白雪皑皑的陡坡上，它猛然跃上积雪下滑，一路扬起雪尘，隐隐约约地望去，它仿佛是身着皮毛长袍、从峭壁上掉下来的爱斯基摩人……大灰熊试图在阳光下捕捉自己的影子：它瞄准影子所在之处，不时伸出爪子，前进、后退、上山、下山，看起来很像小猫、小狗的行为……总而言之，嬉戏是重新学习失去的技艺。

大灰熊在山溪里玩弄木头

我欣赏过的动物嬉戏的最佳表演场景之一，是一头大灰熊在山溪里面玩弄一根长约 2.4 米的木头的场景。我在仔细检查大陆分水岭冰川作用的过程中，在朗斯峰西面八九公里之处从树林出来，进入格兰德湖（Grand Lake）东出水口附近的一片小小的草甸，在那里，我看见了那头大灰熊和那根木头一起在水中滚动、翻腾，充满了欢乐。当那头大灰熊在激流中使劲儿移动那根木头，木头就会上下摆动，还时时会陷入水中，不见踪影。

那头大灰熊身材硕大、毛发蓬松，充满野性一身灰白，跟这片野性的山野场景很匹配。一座布满壁架、点缀着片片白雪的山峰在后面高耸而起，直插蓝天。这条溪流清澈而寒冷，顺着山峰陡峭的斜坡匆匆流淌下来，发出柔和的咆哮声，流过它那从坚硬的岩石中切割出水道的斜坡和湍滩。峡谷对面的崖壁是以往被冰川擦亮的花岗岩，而我背后的那片崖壁则陡峭地升起，上面覆盖着高耸、密集的云杉。因此，这是一个壮丽的荒野嬉戏之地。

当我从林边观察，看见那头大灰熊一度用前爪抱着木头，将木头的一端踩在水中，然后试图爬上去。不过，它的体重导致了木头侧翻，它也一下子被滑进水里。然后，那根木头逃离了大灰熊的掌控，开始漂走，但那头大灰熊心有不甘，迅速冲上前去追逐。

还有一次，那头大灰熊就像想要学会游泳的男孩抓住木杆打水那样，趴在木头上。由于太靠前，它滚到了木头下面。于是，它仰卧着挣扎，还用四足抱住木头，然后用一只前臂夹住木头，突然将其插进深水中，而木头则从水下射到山溪的中流部位，那头大灰熊便一路疯狂地溅着水追逐。终于，它成功地用牙齿牢牢咬住了木头，拖向岸边，就在此时，它又看见一根树枝沿溪漂浮而下，就在它转身去抓攫那根树枝的时候，却不料搅起了阵阵波浪，将树枝推得更远，同时，它放开的木头也开始漂下去。当它从树枝那边转过身来，却发现木头已经漂走，便赶忙前去抓住木头，将木头的一端推到岩石嶙峋的岸上，再伸出一只前爪压在上面，并侧首观望，仿佛对那根树枝念念不忘，还是想去抓住。然而，那根树枝已经匆匆顺流而下，漂出了它所能抓攫的范围。

接下来，那头大灰熊似乎想爬上木头，在上面行走。当它几乎就要站到木头上，却不料木头开始滚动起来，使得它一下子就侧翻到了水中。一瞬间，它看不见木头了，或者假装没看见，便迅速左右扫视。当木头撞击到大灰熊位于上游这一边的身侧，它还假装惊讶地将其抓住。接着，它在浅水中将木头拖到岸边，四处捶打它，不断啃咬它。当木头来回翻滚，它又围绕着木头游动，击打它，并将它推到水下。

此时，很多北美星鸦（Clarke nutcracker）和喜鹊（magpie）聚集到这里，惊讶地观看这场表演。平常，星鸦在秋天颇为喧闹，嘈杂刺耳的咯咯尖叫不绝于耳，如今这些星鸦却一动不动、一声不响地观看着。一只路过的喜鹊盘旋到一边来看看这场表演，正当它飞落到岸上的时候，殊不知那头大灰熊对着木头挥掌一扫，疯狂地溅起大片水花，朝着那只喜鹊飞去，喜鹊只得在忙乱中匆匆撤退，转移到一棵从岸上附身的孤零零的云杉上，一动不动地看着这一幕。其他鸟儿也同样专注，聚集在附近的大圆石中间一个高水位的阻塞之处，从那里凝神观望大灰熊。

终于，那头大灰熊把木头牢牢地踩在水里，用后腿站在木头上，把前爪伸下去，它那上下往复的动作就像是洗衣妇。然后，它离开了木头，沿着岸边行走，在木头慢慢顺流而下之际还不断观察它。木头渐渐漂离了岸边，在离岸大约3米远时，大灰熊则犹如鼯鼠（flying squirrel）一般顽皮地展开了四肢，跃起来追逐木头。接着，它再次放开木头任其漂流，在木头被拖进激流、在中流漂走之际，它还专注地看着。它在木头旁边游泳、涉水、跟踪了一段路程，就把一只前爪搁放在木头上。也许它即将开始玩什么新的游戏，但就在那时，它侧首望着右肩那边，仿佛闻到了什么气味。

于是，它放开木头，爬上一块突出于水面的大圆石，伫立在后腿上，那样子显得充满了兴趣和好奇。它伫立着凝视了几秒钟，显然渴望获得更多信息，便朝岸上走去，当那根木头匆匆顺着激流漂浮而下的时候，它再也没有回头去看一眼。

后来我发现，就在上游一段距离开外，也就是我偶然遇到那头大灰熊的地方，它把木头滚进了水中。而那根木头本来是一根云杉树干的一段，当那棵树倒在大圆石上的时候，被砸成了好几段，而这根木头便是其中健全的一段，搁放在距离水边仅有两三米之处。那头大灰熊沿溪而下，在距离木头三四米之处路过时，便转身朝木头走过去。它本来可能想把木头翻转过来，看看下面是否有昆虫之类的食物，但不知是有意还是无意，它把木头滚到了水里，玩耍了起来。

大灰熊从陡坡上欢乐地滑雪

大灰熊玩弄物件的这种嬉戏，比起它们的其他嬉戏来要罕见得多，相反，它们滑行之类的嬉戏就很常见。有好几次，我都看见大灰熊俯卧着，从陡峭光滑、青草丛生的山坡上一路滑下去，或者在并不那么陡峭得足以支持它们下滑的山坡上尝试让自己滑下去。在荒野漫游的时候，大灰熊常常会停下来嬉戏、玩耍。母大灰熊就经常和幼仔一起在水中玩耍，显然享尽了欢乐，而很多河狸池塘都是幼大灰熊们最喜欢去游泳的水潭，也是成年大灰熊的涉水之地。

我观察过一头老大灰熊在浅浅的池塘的泥淖中玩闹、嬉戏，在它快活地四处打滚之后，它的皮毛外衣已然覆上了一层泥巴，那层泥巴厚得足以形成一个石膏模子。此时，它更显活力，全速朝岸边跑去，仿佛猎人和猎犬快要扑到自己的身上。一旦跑出泥淖，它又立即转身，迅速穿过池塘跑回去，一路驰骋，激起的泥水四处飞溅。停顿片刻之后，它又穿过泥水驰骋到另一边。那个池塘足足充满了一半的沉积物，池底的泥淖显然厚达30厘米。

有一年秋天，我在森林峡谷（Forest Canyon）附近的大陆分水岭上露营，我发现了一头大灰熊有时会为了滑行而爬上山坡。当时，我正在观察一群大角羊的活动，殊不知一头大灰熊偶然来到了附近一座山顶上。就在它抵达顶峰的时候，我看见了它的身影，只见它拖拽着脚步一路前行，脑子里显然有明确的计划。我还以为它要翻越顶峰前往另一边，但它并没有翻越顶峰，却径直走向一道突出的山岭，一阵阵疾风从顶峰上吹来雪花，堆积在那里，在那白雪皑皑的陡坡顶上形成了一个雪檐。

那头大灰熊在雪檐上展开四肢，头朝前地猛冲了下去。随着它的动作，雪檐在它的下面垮塌了，四周的积雪迅速开始松动，接着就滑动了起来，雪尘在那头大灰熊的四周旋动、飞扬，我瞥见它的身影，它看起来就像一个穿着皮毛长袍的爱斯基摩人，在一场暴风雪中从白雪皑皑的峭壁上掉了下来。当雪尘渐渐消散，我能清晰地看见那头大灰熊正坐在一大片移动的积雪上，迅速下滑。

下滑途中，那一大片积雪碰撞到一个隐藏的岩石尖上，便被碰碎，顿时四散开来，溅洒到了这个滑行者身上，只见它不断翻滚，然后滑行，起初头朝前面俯卧着滑行，接着脚朝前面仰卧着滑行，但它在坡底让自己收住，站起身来，从深雪中离开，再次向上攀登，似乎满怀兴趣地看着它下滑时留在山坡上的沟槽，也看着自己身上被飞溅的积雪留下的星星点点的痕迹。

就在雪檐下面，它跋涉进入积雪，只见它摇了摇身子，踢了踢积雪，便进入了游动的状态，却仍旧无法开始滑行——原来，这片山坡的斜度不够，无法支持它下滑。于是，它朝下面翻滚了一小段距离，又站了起来，接着就像车轮一样向前滚动又滚动，转折了三四次之后，它就开始滑行。这样的滑行搅起了大量的雪尘，因此我只能隐隐约约地看到它的身影，无法辨别出它究竟是头朝前面还是尾朝前面滑行。在坡底的浅雪上，雪尘形成的雾霭渐渐消散，那头大灰熊就像一根木头，顺着山坡向下滚动又滚动。它站起身来之后就离开了，消失在林木线上那些饱受风吹雨打的树木后面。

我煞费苦心地追踪那头大灰熊。在山坡下面的那片树林中——距离它的滑行现场超过4.8公里之处，我发现它留下的踪迹：在傍晚之前，它就饱餐了一顿，大肆享用一只鹿陈旧的腐尸——那气味太难闻，而且它还待在那堆骨头旁边过夜。第二天早晨，它爬到一座高耸于树端之上的山岭顶端，它留下的足迹表明，它在那里到处行走，还在三四个地方停下来，俯视下面的场景。

然后，它沿着自己的足迹回到它过夜之处的附近。在这里，它在积雪上到处践踏，仿佛没有特别的事情可做。但是，一只丛林狼悄然靠近，试图在那堆骨头上面找点吃的东西，而那头大灰熊很可能对丛林狼进行了威胁，不让其靠近。最终，那头大灰熊还是动身离开了，显然还想着要去滑雪，因为它丝毫没有停下，便径直走向那个雪檐。从我在这大峡谷和其他峡谷中所看见的足迹中，我意识到大灰熊有时会偏离自己的道路，而那样做，只是为了前往白雪皑皑的陡峭之处，从那里滑下来，快乐一番。

大灰熊试图捕捉自己的影子

有一年，在11月的一天早晨，我动身去追踪一头大灰熊，由于它一路慢吞吞地前行，看起来无事可干，因此我可以断定它吃得很饱。它从自己行走的那道山岭上下来，偶然遇到了一片陡峭的南坡侧边，而我就在那条沟壑的对面停下来，仔细观察它的一举一动。当时，温暖的太阳渐渐融化了重压在灌木丛和杂草丛上的积雪，减轻了草木的负担，从而将其释放了出来，因此偶尔有一丛摆脱了积雪重压的草木会突然弹跳起来。如果这种弹跳的草木距离它很近，那么它就会伸出一只爪子去击打；如果在两三米开外，那么它就会停下来，把脑袋转向一边，以懒散的、好奇的眼光去看着它。不久，它又转过身去，以便更好地瞥见一棵高高的柳树弹跳起来，那棵柳树仿佛在邀请它去玩耍，而正当它似乎刚准备好要去回应柳树，它就看见了自己那移动的深蓝色影子映照在白色的山坡上面，它见状，便立即轻轻地伸出一只前爪，开始玩弄那个影子。随着影子躲闪，它又试图伸出另一只爪子，接着就停下来看着影子。它坐下来，专注地看着影子，准备好在影子移动时予以打击。不仅如此，它还把鼻子凑近影子嗅。它在盯了那个影子一阵之后，就突然跃起来，伸出两只爪子，扑向自己移动之前影子所在之处。有好几秒钟，它都在跳跃、左右击打，努力捕捉那个影子，但这一切努力无疑都很徒劳。于是它就蹲坐着，不断地瞟着影子，还转过脑袋，很可能在猜想影子下一步会干什么。很快，它似乎惊讶地发现影子并不在自己的后面，便迅速扭头去看看影子究竟在哪里。难道那头大灰熊知道那个影子为何物，难道这一切都只是快活的想象中的假扮之事？无论如何，它都在快乐地玩耍又玩耍，非常尽兴。当我最初观察它的时候，它让我想起小猫咪，但它玩得越久，它的行为就越来越像小狗崽，最终还像成年狗的行为。

当那头大灰熊慢慢退回到山坡下，它观察到那个影子在尾随自己，便佯装了一下，仿佛立即要去抓住它，却又停了下来。接着，它就开始慢慢跟随影子爬上山坡，然后猛然追逐它。后来，它又沿着山坡侧边后退，瞟着那个影子。突然，它停了下来，伫立着，仿佛在思考什么，接着又转身，俯视下面的山坡，遥望远方。一秒钟之后，它就慢慢转动脑袋，先是侧首朝一边观望，然后朝另一边观望，寻找影子。最后，它站起来，在自己的双腿之间寻找影子。

不久，它就悠闲地躺下来，转过脑袋迎向太阳，伸出一只爪子挡住眼睛，仿佛开始玩一场捉迷藏的游戏，并期待影子去藏起来。

但其实，它伸出爪子放在眼睛上，很可能是为了去挡住强烈的阳光，因为它很快就把脑袋转向一边，观察那个影子。

突然，它结束了游戏，站起来轻快地向前走去，而它所前行的方向，正是那映照在积雪上的蓝色影子诱惑它停下来嬉戏时它所行走的方向。

嬉戏是重新学习失去的技艺

一般来说，大灰熊都独自嬉戏，而大多数哺乳动物都会跟一个或多个同类嬉戏。有三四次，我都看见一头孤零零的大灰熊模仿狗的方式玩耍——可以说是在跟自己玩耍：它绕着一个小圈子团团奔跑，时而跃入空中、四处躲闪，时而仰卧着滚动、四脚朝天挥舞，最后，它活跃而热情地追逐自己的尾巴，从而结束了这场嬉戏。

我养大的那两只幼大灰熊总是渴望嬉戏。它们要么相互嬉戏，要么随时准备好跟我嬉戏，偶尔，其中的一只幼大灰熊还会跟我的狗斯科奇嬉戏。被囚禁的大灰熊有时也会跟它们的饲养员嬉戏，如果它们很喜欢饲养员，那么它们或许会更加频繁地围着饲养员嬉戏。有时它们还会跟陌生人嬉戏——它们随时做好准备，抓住一切机会进行短暂的嬉戏，在这种嬉戏中，它们就像跟假扮大灰熊的人嬉戏一样，常常流露出幽默感，它们有时还会模仿或嘲笑其他一些动物的动作。

我在亚利桑那西北部进行过一次旅行，尽管当时我并没期待看见大灰熊，却最终与大灰熊不期而遇，还瞥见了大灰熊新的生活场面。我发现它们对于沙漠边缘的热气和沙子显然毫不在意，根本不为如此恶劣的环境所动。也许这些大灰熊只是来访者，但它们并没被严酷的环境压倒，显得跟其他地区的大灰熊别无二致。

当时，我躲在一片露出地面的岩层的下风面，等待咆哮的沙尘暴减弱。正当我遥望尘埃弥漫的远方，一头浑身覆满灰尘的棕色大灰熊进入了视野。它爬上一个大沙丘坐了下来，四处观望，显然是为沙尘暴过后视野清晰起来而感到高兴。它密切注视着一股沙尘旋风旋转着穿越清澈的天空，而当那股沙尘旋风在它附近路过的时候，一块枯萎的仙人掌圆裂片从旋风中掉到了沙丘上，翻转了一两次，就滚下了斜坡。那头大灰熊见状，便立即尾随而去，伸出右前爪打击那片仙人掌，却未能击中，然后便一下子扑到上面，小心翼翼地用牙齿衔起仙人掌，咬住了一秒钟之后，便猛然甩动脑袋，将其抛到了空中，紧接着又去追逐它。此时，倾斜的沙丘在它下面垮塌、滑动，这让它忘记了仙人掌，便沿着崩塌的沙丘跳跃，冲刺了好几次，每一次冲刺之后，它都要俯冲一下，骤然停在沙丘上。后来，它围绕着沙丘顶部奔跑了好几圈，偶尔还突然停下来。接着，它就滑下沙丘，突然终止了自己的嬉戏。

那头大灰熊在沙丘脚下静静地伫立了好几秒钟，遥望远方，仿佛在考虑自己接下来该做什么。很快，它就慢慢朝着地平线走去，进入一片神秘的海市蜃楼风景边缘，消失了。我以为它迷路了，便站起身来继续前行，而就在此时，一片朦胧的紫色风景映照在天空中，在这片奇异、曚眬的场景中，一头大灰熊巨大的影像还在疾驰、嬉戏。

嬉戏是动物的普遍习性。对此，达尔文（Darwin）、华莱士[①]（Wallace）还有其他人都曾经有过论述，他们把嬉戏作为"适者生存"（the survival of the fittest）的进步的进化因素，强调过其重要性。嬉戏是休息和放松，它赋予力量和熟练度；它把大脑刺激到最高的敏锐程度，把所有的能力激发到热情之中和最佳状态；它促进个性的发展……对于嬉戏者，嬉戏不仅是巨大的优势，也是有效生活的需求所必需的。

所有机警的动物都用嬉戏来振奋自己的精神。人类正开始聪明地去干那些他们一度本能地去干的事情，这样的行为是重新学习失去的技艺。

[①] 阿尔弗雷德·拉塞尔·华莱士（1823-1913），英国博物学家、探险家、地理学家、人类学家和生物学家。

第 9 章　追捕狡猾的大灰熊

Making a Bear Living

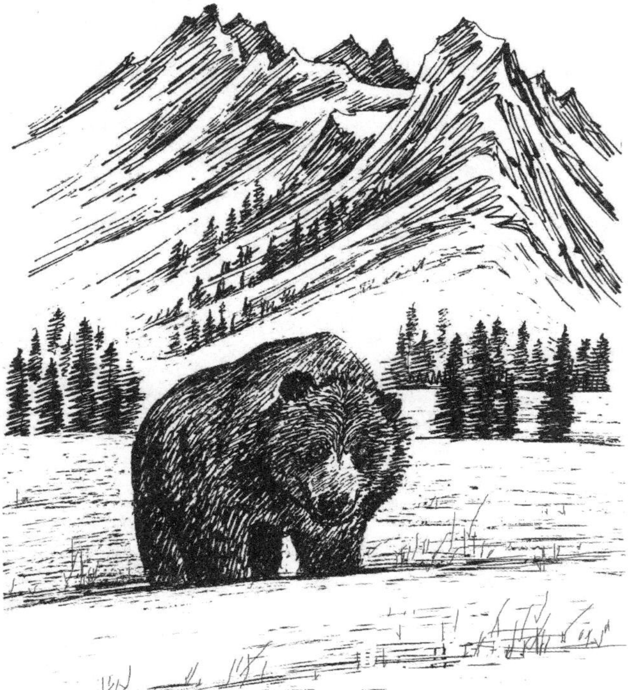

大灰熊很少猎杀牲畜，只有极少数例外。一头名叫"老摩斯"的大灰熊则嗜杀成性，在人们的追猎中成功地逃亡了35年，在杀死5个人和近千头牲畜后才最终落网。为了获得高额赏金，一个设置陷阱的捕猎者绞尽脑汁，试图捕获一头作恶的大灰熊，但对方似乎技高一筹，屡屡避开陷阱而频频得手。大灰熊始终保持警惕，因此很难发现其身影。当遭到攻击，它有时会通过装死来躲过一劫。一头装死的大灰熊突然跳起来扑向猎人，差点让其丧命。面对追捕或猎杀，大灰熊往往会凭借智力而突出重围，或拼死搏斗，让敌人非死即伤，付出沉重的代价，一些猎人仅仅因为幸运才得以逃脱。但其实，不带枪而深入荒野观察大灰熊，才是最高境界。

35年来，一头大灰熊滥杀牲畜

1904年4月，"老摩斯"——一头为非作歹、逃亡多年的大灰熊，终于在科罗拉多的黑山（Black Mountain）上遭到了射杀。35年来，它不断攻击家畜，对家养的牲口大开杀戒，而在这几十年间，人们常常看见它的身影，并对它坚持不懈地追猎，为了把它诱入陷阱，人们做出过无数次尝试，却都无功而返。它的活动范围直径约为120公里，横跨大陆分水岭两侧，在这个领域中，它很有规律地猎杀了大量的牛、马、羊和猪。据悉，在此期间，它甚至不曾离开这个地区半步。在这个家伙的左后腿上，丢失了两个脚趾，这一特征便是识别它的足迹的方式。

"老摩斯"可谓恶贯满盈，一生中至少杀死过5个人和800头牛，还有几十匹马驹和其他牲口，其破坏所带来的损失肯定超过了3万美元。它的攻击方式不同寻常，常常直接撞碎挡道的围栏，闯进去捕杀牲口。它还有一个恶毒的习惯，那就是偷偷跟随扎营者或探矿人，然后大声咆哮着冲进他们的营地，而它这样做，显然是为了享受因此而引发的人畜惊跑的场面。不过在这样的场合，它并没有试图攻击人——尽管它滥杀牲口，但它从不想攻击人类，它所杀死的那5个人都是猎人，当时那些猎人把它逼上了绝路，它才将其杀死。

一般来说，大灰熊很少猎杀家养的牲畜或大型猎物，但"老摩斯"是个例外。而生活在周边群山中的其他大灰熊，没有哪一头会猎杀牲口。在"老摩斯"最后的岁月里，一头身材硕大、魁梧的肉桂色大灰熊在远处尾随它，但这头大灰熊并不是杀手，跟"老摩斯"犯下的杀戮罪行毫无关系，他之所以会尾随"老摩斯"，不过是为了去享用"老摩斯"杀戮后所留下的丰盛食物。但这样的尾随和进食行为，还是引发了人们的误会，以为是它杀戮了那些牲口。

相关人士拿出了一笔高额赏金，悬赏"老摩斯"的脑袋，这吸引了各路狩猎高手和设置陷阱的捕猎者，他们纷纷前来一试身手，试图将它绳之以法。不过在此过程中，有3个最优秀的猎人惨遭其杀戮，所有设置的陷阱也被其一一识破，因此人们又尝试投毒去毒杀它，但都一无所获。

在"老摩斯"最终被射杀的时候，其年纪为40岁或更老，但它的牙齿依然健全，皮毛状态良好，从各方面来看，这头大灰熊十分健康。显然，它还能生机勃勃地继续生活若干年，也毫无问题。

对于猎人来说，设置陷阱来诱捕这头大灰熊便成了一种不太可能的事情，这不过是浪费精力，因为很少能获得成功。尽管偶尔也有一头大灰熊落入陷阱，但那通常都是几乎没有经验的幼大灰熊、试图保护自己幼仔的母大灰熊，要不就是因为好奇心突发而忘记了谨慎本性的大灰熊。

其实在以往的日子里，要设置陷阱诱捕大灰熊并不么困难。但随着时间的推移，大灰熊很快学会了避开陷阱带来的威胁。它能看穿设置陷阱捕猎者对钢夹进行的种种伪装，其中包括除去了气味和隐藏起来的钢夹、靠近诱饵和远离诱饵的钢夹、单独设置和成群设置的钢夹……凡此种种，甚至还有弹簧伏击枪隐藏起来的细绳，它通常都能探测到并避而远之。

面对陷阱，大灰熊如出入无人之境

我曾经跟一个设置陷阱的捕猎者待在一起，度过了很多天，那个人信心满满，感到自己必将捕获那一头作恶多端、杀戮牲口的大灰熊，从而获得上千美元的高额赏金。那一年，牧场主早于平常把牛群从夏季放牧地赶回来。那个设置陷阱的捕猎者便挑选了一头老母牛，在一条冲沟末端的附近选择了一个合适的地点，打下尖桩，将那头牛系在那里，在它的四面八方层层设伏，布下了众多钢夹和弹簧伏击枪：外面的防线由3支弹簧伏击枪组成，这些枪守护着通往那头牛的3条不同的通道。连接这几支枪的细绳是丝线，伸展在灌木丛和高高的草丛上面，因此看上去并不显眼。由于那头大灰熊很可能会攫住牛头或牛脖子，因此他又在牛头和附近的一块大圆石之间设置了一个钢夹。此外，在牛的两侧和后面，他还各自设置了一个钢夹。

第一天夜里下了一场小雪，那头大灰熊没来，但第二天夜里它来了。那头大灰熊留下的足迹表明，它从老远——在超过1.6公里之外就嗅到了那头牛发出的气味，或者听到了牛的声音，便径直走向那头牛。来到距离那根丝线大约60厘米之处，它就停了下来，小心翼翼地围绕丝线而行，一直到完成这种巡游性的探查。但是，丝线并没有给它留下任何可以进入的缺口，于是它干脆一跃而起，跳过了丝线——大灰熊竟能干这样的事情，我以前则闻所未闻。它接近那头牛，绕其而行，接近那些钢夹，将每个钢夹的隐藏之处都一一探测了出来。然后，在前面那个钢夹和左侧那个钢夹之间，它攫住那头牛并将其杀戮。饱餐一顿之后，它就把牛尸拖过两个钢夹，离开它而去。它再度跃过那条丝线，在冲沟里面沿着溪流走向下游，扬长而去。

第二天，那个设置陷阱的捕猎者见状愤怒异常，气急败坏之余，他又不得不重新设置陷阱，并在丝线里面的一侧——那头大灰熊跃过丝线落下的地点增加了一个钢夹。然后，在溪流下游不远处，他还设置了一支弹簧伏击枪，把一根丝线连接在枪上，封锁冲沟。

那天夜里，那头大灰熊沿着冲沟卷土重来。围绕着那具牛尸周围的丝线行走片刻之后，它显然就探测到了那个新设置在内侧的钢夹，于是，它避开了那个地点，从另一个地点一跃而过，吃掉了大约剩下一半的牛尸。然后，它将几根枯木堆积在剩下的牛尸上，再度跃过丝线，沿着冲沟走下去。在离开这里之前，它还在距离那条丝线三四米的地方收住了脚步，顺着那条线，一路来到那根线连接着弹簧伏击枪的冲沟侧边。绕过那支枪，它又回到冲沟里面，沿着前一夜走过的小径扬长而去。

这头大灰熊的行为让那个猎人大为吃惊，发誓一定要报复。于是，他赶忙用木头建造了一个围栏，把剩下的牛尸围在里面，然后在围栏的入口设置了两个钢夹，一个隐藏在入口前面，另一个隐藏在围栏里面。

接下来的那天夜里，那头大灰熊重返现场，一如既往地跃过丝线，小心翼翼地接近围栏。围栏后端的一部分由一块大圆石构成，于是那头大灰熊便爬到大圆石顶上，把搁在大圆石上的围栏上部猛然撕开，但接下来它并没进入围栏，却从大圆石上把爪子伸下去，将剩下的牛尸拽上来。在此过程中，围栏的一根柱子被它拉扯出来，扔在一边，击中一根树桩的顶部，然后又翻转过来，恰好落在那根系着一支弹簧伏击枪的细绳上面，那支枪立即开火。然后，那头大灰熊干了一件令人惊骇的事情：当那支枪开火的时候，它在大圆石顶上，但枪响之后，它就从上面下来，一路走到那硝烟未尽的枪口前面，仔细检查，在那支枪前面的积雪上留下了踪迹。那头大灰熊返回牛尸身边，将其从大圆石上拖下来，大快朵颐，吃完了最后一口牛肉之后，便留下骨头，越过那根柱子，落在上面触发枪开火的细绳，走上冲沟，再度扬长而去。

装死的大灰熊突然跃起，扑向猎人

为保护自己的生命，大灰熊始终处于机警的状态。如果人们能悄悄地接近它很近的地方，那就堪称莫大的成功了。它的感官从不休息，在很远之外就能探测到潜在的危险。有时候，它的耳朵能听到 400 米之外猎人偷偷摸摸临近的声音，而在有利的条件下，它的鼻子会嗅闻到 1.6 公里之外甚至更远的人。它始终保持警惕，在一个它能用嗅觉、视觉和听觉来进行侦查的地方，它通常会设法让自己保持在步枪射程之外，或者隐藏着。在大灰熊的活动领域中的不同地方，尽管大灰熊就在附近活动，但两三个猎人从高处观察，利用风向，悄悄移动，甚至过了一个星期也不会发现一头大灰熊，而这并非什么不同寻常的事情。有很多次，即便是在大灰熊遭到猎犬追踪的时候，它也会通过它的智力、耐力和它迅速走过崎岖不平地区的能力，逃脱被逼上绝路的命运。

在大灰熊出没的土地上，我常常待上好多天也看不到一头大灰熊。然后，仅仅在几个小时之内，我有可能看见两头甚至更多的大灰熊。我常常能在适当的近距离内观察大灰熊，时间长达一小时或更久。我主要关心的是让自己能靠得够近，从而研究它的行为举止，而不是要朝它开枪射击，因为我追踪大灰熊的时候从不带枪。但是，在很多个日子里，尽管在我所熟悉的领域中，在我对于不同的大灰熊个体的习性颇有了解的领域中，即便我仔细搜寻，也看不到一头大灰熊。

大灰熊的领土上覆盖着一个幽暗的小径网络，在这个网络上，它常常来来往往。如果遭到突袭，它就会在自己推进的小径上转身撤退。如果大灰熊撤退，在它那条小径上紧靠它后面的地方，就成了危险之处。很多猎人，在距离小径两三米远之处，受惊的大灰熊跑过时没有注意到他们，因此他们安然无恙；而另一些猎人，恰好位于小径当中，结果直接被那头撤退的大灰熊撞翻、撕咬。

在落入陷阱或被逼上绝路的时候，受伤的大灰熊有时会装死。显然，当它认为自己的处境让它绝望，而它在这种装死的方式中，看到了摆脱攻击者的警惕的可能。一个设置陷阱的捕猎者曾经邀请我跟他一起去巡游，查看他所设置的一连串钢夹，其中一个钢夹夹住了一头年幼的大灰熊。那个猎人近距离朝它开了两枪，那头大灰熊便倒了下去，瘫软成一堆。

我们推进到两三米的范围之内，看见那头大灰熊正鲜血直流，但我们停下来，以"确保它已经死了"。那个猎人说："我对此特别注意，要等到一头大灰熊真的死了之后，我才会上前剥皮。我曾经犯过错误，大灰熊还没死，我就放下猎枪开始去剥皮，结果就可想而知。"

我们走上前去，那个猎人用枪管末端捅了捅那头一动不动的大灰熊，不料那头大灰熊就像娃娃玩具一样突然弹跳起来，扑向猎人，将他撞翻在地，把他的衣服咬穿了一个洞，还在大腿皮肤上撕开了一道严重的伤口。幸运的是，钢夹上的链条和重物阻止了那头大灰熊的进一步攻击行动，这才使他幸免于难。

大灰熊或突出重围，或拼死搏斗

还有一次，我跟一群骑马的猎人出猎，他们放出猎犬，把一头大灰熊逐出了其日常的活动领域，将其逼进了一个箱形峡谷。当我们走近的时候，那头大灰熊被猎犬团团围住，走投无路，那些激动的猎犬正群起而攻之，不断地折磨它，而它伫立在峡谷尽头，显然想伺机逃走。凭借头脑冷静而敏捷的自卫，它挡住了猎犬发起的一次次进攻。如果后面的灌木中有动静，它就会做出佯攻的姿态；如果一只猎犬靠近它的身侧，它似乎看也不看就予以打击。为了集中精力对付前面的进攻，它不允许自己的身后有任何声响或攻击，而在前面，猎人们近距离地伫立着，拿着猎枪准备好射击，等待合适的机会开枪而又不伤及猎犬。突然，那头大灰熊发起了冲击，现场一片混乱，只见它伸出前爪一击，便打断了一匹马的颌骨，又一击，就打断了另一匹马的3根肋骨，不仅如此，它还咬断了一个猎人的胳膊，把一只猎犬的内脏都挖了出来，打残了另一只猎犬，然后安全地逃脱了围捕。在此期间，猎人们始终一弹未发，也没有追击。

我还曾经跟随3个猎人接近一头大灰熊，当时那头大灰熊正在挖掘耗子,猎人们便火力全开,一阵阵枪声回荡了好几秒钟,回音撞击在峡谷的崖壁上,久久不散。猎人们先后开了三四十枪,而那头大灰熊却逃走了。一个猎人紧追不舍,到第二天才赶上了那头大灰熊,将其射杀。但是,我们事后才发现,除了那个追击的猎人所开的那一枪,那头大灰熊的身上根本就没有任何伤口。那头大灰熊身材魁梧,也许重达230公斤。

但是,其中一个猎人却大肆吹嘘,他所讲述的射杀故事变成了这样:"我们偶然遇到了我所见过的体型最大的大灰熊,它肯定重达680公斤或者更重。它当时正在一个开阔地里忙碌地挖掘,直到我们近距离朝它开枪,它才看到我们。由于我们有的是时间,我们就可以仔细瞄准射击,而且在它跑到树林中之前,我们都朝它的身体射入了好几颗子弹,但它还是一如既往充满活力地奔跑,仿佛什么也没发生过,而我们不断射击,让铅制子弹充满它的身体,最后让它完全变成了一座铅矿。"

其实,大灰熊并不是特别难以射杀的动物,如果子弹射进一个致命点——比如射进心脏的上面部分、大脑,或者射穿肩头中心、让子弹进入脊骨,都足以致命。然而在狩猎过程中,过于频繁发生的事实是,猎人们往往漫无目的地开枪乱射,或者很害怕,因此尽管他们一枪接一枪地朝着那个大致方向射击,但都没能成功地击中大灰熊,更不要说击中要害部位。

威廉·H·赖特(William H. Wright)曾经迅速连发5枪,五发五中,射杀了5头大灰熊。我跟一个猎人在一片浆果地里遇到了 4 头大灰熊，他闪电般地连开 4 枪，将其统统击毙。怀俄明的乔治·麦克莱兰（George MaClelland）在一分钟之内就连续射杀了 9 头大灰熊。他大概开了 16 枪，而这些熊都是大灰熊，其中有两头是幼大灰熊。

　　大灰熊遭到致命的射杀后，在它生命的最后几分钟，它有时会以一种效果惊人而又致命方式的进行搏斗。正如一位老猎人所言："在大灰熊名义上死了之后，它很可能会发起很多杀伤力极强的行动。"在试图射杀或捕获大灰熊的过程中，有好几百位猎人遭到了大灰熊伤害，另有几十位猎人惨遭杀戮，还有几百位猎人在千钧一发之际幸运地逃脱了死亡或遭受了重创的命运。

　　大灰熊似乎导致了第一个白人在科罗拉多的边界范围内的死亡。这件事发生在这个州东部的平原上。当时，那个人看见大灰熊在营地附近的柳树丛中游荡，便持枪从营地里走出来射杀它，却不料那头大灰熊受伤之后迅速猛冲过来，一下子把他撞翻在地，如此猛烈地撕咬他，以至于他丢掉了性命。

　　在科罗拉多南部，我看见一个受惊的猎人骑着马逃逸，一头母大灰熊在后面紧追不舍。原来，猎人追逐它的幼仔，那头母大灰熊见状便突然朝他冲了过来，那匹马受惊之后立即转身逃走，尽管猎人不断策马以最快的速度拼命奔逃，但那头母大灰熊也几乎扑到了他的身上，幸运的是，就在此时，猎人的几只猎犬冲过来截住了母大灰熊的去路，使得它不得不放开猎人，转而对付猎犬，猎人这才得以逃生。

蒙大拿西北部，一个猎人九死一生

猎人们声称，当人被大灰熊撞翻在地，如果他装死，他或许就不会遭到大灰熊的伤害。詹姆斯·卡彭·亚当斯（James Copen Adams）似乎很多次采用这种方式拯救了自己的性命。我本人倒是没有机会来进行这样的实验。

一个老猎人告诉我，他曾经在似乎必死无疑的时候，通过一种最不同寻常的方式来拯救了自己的性命。当时，一头大灰熊把他撞了个仰八叉，然后就跳到他的身上到处猛咬。尽管如此，在倒下的过程中，他抓起了一块石头，就在那头大灰熊跳到他身上的那一瞬，他朝着大灰熊的鼻尖狠狠砸去，那头大灰熊发出一声痛苦的咆哮声后退了几步，猎人趁机爬起来，抓起猎枪对着那头大灰熊开了致命的一枪。

有三四个遭到大灰熊猛咬和摇拽的人证明，在受到大灰熊伤害的时候，他们没有痛苦的感觉。我无法证明这一点。非洲探索者利文斯通（Livingstone）也声明，当一头狮子猛咬他的时候，他也没有痛苦的感觉。

在蒙大拿，我目击过人们用绳索去套大灰熊的一幕，其中不乏罕见的搏斗和冒险的场面。当时，两个牛仔为了寻欢，把一头大灰熊几乎追逐到了营地，而另外几个牛仔则骑着马出来，在空中旋转着飞舞的绳索，套住了那头大灰熊，但那头大灰熊不肯就范，全力反抗、挣扎，最终将一匹马拖倒，把一个牛仔抛在一串仙人掌上，而另一个牛仔丢失了马鞍，马肚带在绷紧的状态下脱落，一匹马的侧腹遭到了大灰熊掌的打击，最后不得不被射杀。而与此同时，那头大灰熊逃之夭夭，还惊跑了牛仔们看护的整个牛群。

  关于大灰熊的故事都自有其魅力。这里有一个故事特别有趣，讲的是5个人在蒙大拿的西北部狩猎，在那个区域，遍布着崎岖不平的高峰、雪原和冰川，几乎无法抵达，除了野生动物出没，整个地区荒无人烟。其中两个人出发前往一个遥远的冰川盆地去狩猎大型猎物，他们分开行动，在一道山岭的两侧前行。其中一个猎人爬上一道陡坡后，便偶然遭遇了一头大灰熊幼仔，其体型如此之大，除了最细心的观察者，一般人都会认为它是完全成熟的大灰熊。他见到猎物，便举起毛瑟步枪，用3颗子弹射杀了那头大灰熊，然后他把步枪倚靠在一块岩石上，俯下身子去仔细检查自己的战利品。突然，他听见一声可怕的叫喊和一阵迅疾的奔跑，他转身一看，原来母大灰熊朝着他一路狂奔而来，距离他已经不到18米了。

  见情况紧急，他跳起来去抓步枪，刚把两颗钢皮子弹射进那头母大灰熊的身体，他就打光了子弹，但他的头脑冷静得不同寻常，迅速换上另一个弹夹，把第三颗子弹射进那头大灰熊的身体。但不幸的是，毛瑟步枪的子弹较小，很难阻挡一头被激怒的大灰熊，因此，那3颗子弹对于那头母大灰熊没起太大的作用，而它一看见自己幼仔的尸体便怒不可遏，发狂似的猛冲了过来，挥动爪子一击，便把猎人打翻到了一条大约2.5米深的冲沟里面，然后就跟着翻滚的猎人跳下去，张开血盆大口咬着他摇动，就像一只狗摇动玩具娃娃一样，然后把他扔下，又再度咬起来摇动，而猎人的脸就卡在那头大灰熊的长牙之间，然后大灰熊再次把他扔下。当它第三次把猎人咬起来的时候，那几颗小小的毛瑟步枪子弹终于产生了作用，它一头倒毙在地上，沉重的身体横躺在猎人的脚上。

这样的结局很幸运了，因为那个人的伤情比大灰熊要稍好：他的头皮和面颊还有喉咙都被大灰熊撕开了，胸膛上有5个敞开的伤口，大腿被不规则地撕破了，创口有 5~7.5 厘米宽，肌肉从里面呈条状悬挂着，他的左手腕折断了，骨头穿过扭曲的肌肉而突出来。幸好，他的同伴听到了枪声的警告，便匆忙奔向这个猎人，他给伤者包扎好伤口，扶到马背上，引着他前行了两个小时，穿过没有路径的乡野，终于在夜幕降临时分把他带回到了营地。但是，要拯救这个人的生命，就必须在短时间内迅速将他弄到火车上。于是，大家把他放在一匹马上，左右两侧各站一人来扶着他前行，有 11 个小时，这队人马都在下山的路上横穿森林，却仅仅走出了 8 公里，他们一边前行，一边抄捷径。天黑时，他们累得精疲力竭，终于拦下了一列载客量有限的火车。这个严重受伤的猎人被匆忙送到一家医院，医生立即给他做手术，他这才捡回了一条命。

不带枪而深入荒野，才是最高境界

一个带枪的人是专家。为了杀戮一种特别的东西，他不断寻找。一般情况下，枪会妨碍人去享受荒野赋予人类的十足的欢乐。在追踪途中，猎人会错过大多数美丽而壮观的景色。如果他停下来欣赏其他动物的嬉戏，或者留心云朵或花朵的颜色，那么他就会错过捕杀猎物的机会。当他最终走进一头大灰熊的活动范围，那头大灰熊可能嗅到他的气味，随时会逃之夭夭，因此他必须立即开枪射击。此外，他对动物的特性也知之甚少。

徒手追踪大灰熊，是这类追寻的极致方式。没有枪的猎人靠近猎物，往往是为了观察大灰熊也许还有其幼仔欢闹、嬉戏，并因此而流连忘返。当其他大灰熊或动物进入场景，他也常常有了观察动物们在荒野中所履行的礼节的经历。他所收集的信息和他的享受，远远超过了持枪的人所获得的欢乐。

罗斯福（Roosevelt）说过而且表明过，那些主要兴趣在于开枪射击的猎人从狩猎中所获甚少；奥杜邦（Audubon）为了制作标本而进行过一些狩猎；赖特就像带着猎枪那样，带着相机收获了很多激动人心的照片；亚当斯跟他那活着的大灰熊待在一起，远比他猎杀其他大灰熊要快乐，而且更有用；艾默生·麦克米林（Emerson Mcmillin）满足于既不带枪也不带相机去狩猎；欧内斯特·汤普森·塞顿（Ernest Thompson Seton）写下的文字和画下的草图，把荒野颇具美感的一面展现在我们眼前；弗兰克·M·查普曼博士（Dr. Frank M. Chapman）到两个大陆上去探索鸟类知识的事实，除了他的书籍，他还在美国自然史博物馆（American Museum of Natural History）中准备了鸟群；梭罗（Thoreau）没有带枪而在荒野中独自享受生活。但是，约翰·缪尔（John Muir）堪称至高无上的荒野猎人和漫游者，他从不带枪，而且通常只身前往荒野，在大灰熊频频出没的领域中度过了很多岁月。然而，他用大自然的知识、财富来丰富了他的书籍，这就使得他成为自然界的莎士比亚。

不带枪的人可以沿途享受大自然的每一种景色。他有的是时间改变方向去观赏其他动物，要不就在那些出现的无数意外的野生动物展览中停下来，观看其中任何一场美妙的展示。然后，他也会听见很多呼唤和声音，那是荒野的音乐。在荒野之地，尤其是在大灰熊出没的土地上，充满了形形色色的植物、动物的特点和习性的展示，还有真实的自然故事，而这些故事无不充满生命力、十足的魅力及其戏剧性的变化。

第 10 章　好奇的大灰熊

Where Curiosity Wins

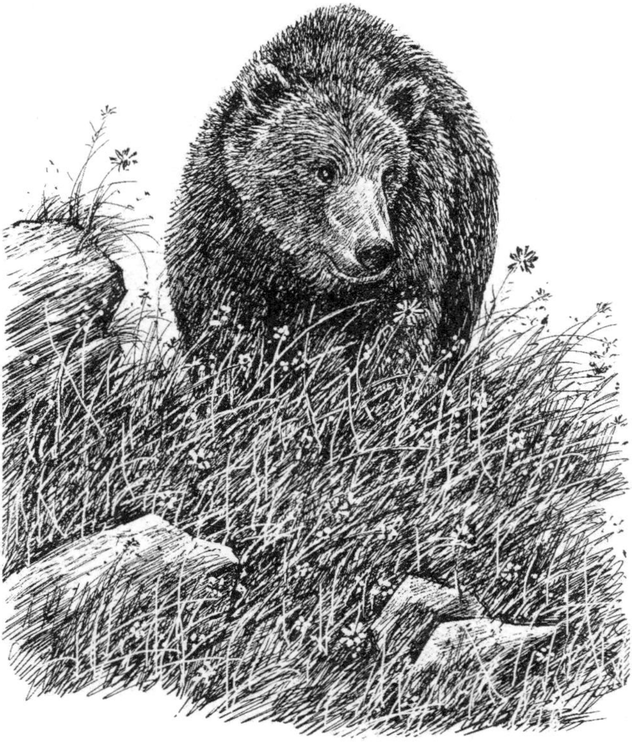

好奇心是大灰熊的特性之一。无论它有多么机警，一旦好奇心被激起，它都会暂时陷入忘我的状态，甚至忘记觅食：一头大灰熊聆听音乐，随着旋律而陶醉，展现出种种不同的神情和举动；一头宠物大灰熊模仿人类，努力爬到吊床上去享受一番；一头大灰熊专心致志地观望森林大火，即便有人来到背后，也不曾察觉；一头大灰熊观察渔夫钓鱼，时而入迷，时而激动不已；一头大灰熊尾随旅行者并闯入营地，只因为对一件黄色雨衣产生了莫名的好奇；一头大灰熊密切注意、观察从山坡上脱落、弹跳下来的大车轮子……大灰熊继承了一种对探索的热爱，它好奇地专注于那些不同寻常的新事物，其实是对外部世界的探索。

陶醉于手风琴音乐的大灰熊

在我观察过的动物当中,大灰熊无疑最具好奇心。当它因为渴望了解而激发出好奇心,它那较高的精神智力似乎就可以归于好奇心所维持的机警。

尽管大灰熊已经获知靠近人类会暴露自己,带来极度的危险,然而在有的时候,它所有警惕的感官也会被好奇心所暂时麻痹。在一些特殊的场合,这种好奇心还会让它陷入麻烦,要不就让幼仔落入陷阱而无法自拔。在成年大灰熊的身上,好奇心伴随着一种观察的敏锐力,还伴随着一种小心谨慎——这种谨慎使得它能够满足自己所渴望的信息,而又不让自己暴露在危险之下。好奇心不会阻止即将来临的事件而是让它专注于大灰熊所好奇的事物。这种专注是预先获得信息,而非事情发生时才予以应对。

1826年，植物学家德拉蒙德（Drummond）来到落基山中采集植物。在停下来仔细搜索、收集并展平植物的时候，他的动作有些异乎寻常，因此吸引了无数大灰熊的注意，于是它们便朝他走来，甚至来到附近观察他、打量他，却丝毫没有流露出要攻击他的意图。大灰熊"充满了好奇心"，在它们试图立即查明不同寻常或者新的事物的过程中，它们有时候竟然会忘记进食。

刘易斯和克拉克也谈到，在他们的小船驶过的时候，一头大灰熊站在沙洲上，对他们的小船流露出兴趣。那头大灰熊伫立在后腿上，目送他们经过，然后便跳进河里朝小船游来。这种新颖的装备可能会吸引所有动物的注意力，一头好奇的大灰熊看到之后，肯定会被惊奇所压倒，因此才决定游过去一探究竟。然而，面对大灰熊这种强烈的好奇心，及其随之而来想要靠近探究的尝试，那些探险者错误地认为这就是攻击的表现。在白人与大灰熊接触的最初50年里，为了探明究竟，大灰熊往往会靠近人或者营地，而大多数人也认为这种靠近就是大灰熊体现的攻击性，因此迎接大灰熊的常常是密集的子弹，而为了满足自己的好奇心，大灰熊也适时学会了秘密行动而不是直接靠近。尽管如此，它的好奇心依然十足。

在翻越新墨西哥北部的群山之际，一个匆匆前往伐木场的瑞典人赶上了我。他携带着一个包裹，包裹中有一台手风琴。那天晚上，我们在靠近一条冲沟的上端扎营，而在我们营地对面，一座无树的山高耸起来300多米。

晚饭之后，那个瑞典人就开始拉奏手风琴，而且很快就陶醉在音乐之中。在做笔记的过程中，我暂时停下来欣赏他那满足的表情，却不料看见一头成年大灰熊正在对面的山上观察我们。它伫立在一块大圆石上，从冲沟中生长出来的云杉树端看过来。我从望远镜中看到，那头大灰熊似乎比那个狂热的、激情澎湃的演奏者更加沉醉于音乐。当一首歌渐渐奏完，那头大灰熊便从大圆石上爬下来，紧接着，随着另一支曲子开始响起，它又立即爬了上去，但这次把前爪搁放在大圆石上，伫立着聆听。不久，它就动身开始朝山上走去，但每走几步都要停下来，转身聆听。它既侧向伫立，又把脑袋斜向一边，要不就踮起脚尖站起来，被深深地吸引，陷入了忘我的状态。在一支曲子中，一段高声、活泼、冲突的乐章响起，惊得它飞奔起来，然而，一旦那段音乐停止，它也就暂停了下来。当那个演奏者沉默，聆听我描述那头大灰熊的举动的时候，那头大灰熊似乎还为音乐的消逝而感到困惑且烦躁不安。接着，一支柔和、悠扬的曲子响起来，随着最初的旋律在傍晚的空中响起，那头大灰熊干脆蹲坐下来，面对着我们，就这样一直蹲坐到那一曲结束。然后，它朝山峦的更高处爬去，刚一抵达天际线，便在太阳的余晖中一路漫步，流连忘返，还不时俯瞰我们，仿佛想听到更多的音乐。

对吊床、林火和渔夫好奇的大灰熊

在圣弗兰河（St. Grain River）畔，我坐在河岸上，背靠一块大圆石，观察一群水鸫（water-ouzel）长达两三个小时。那群鸟儿时常来到距离我仅有一米左右的范围之内。为了避免惊吓它们，我只能一动不动地坐着，甚至一次一个多小时都不会转动脑袋。正当我欣赏它们来来往往的动作，我突然清晰地闻到了一股大灰熊的气味。当我依然一动不动，想要进一步知道这让我感兴趣的新事物的时候，我就听见了身后隐隐约约地传来一阵树枝折断的声音。听到这个声音，我便转过头去，却看见一头大灰熊伫立在后腿上，把前爪搭在我所倚靠的那块大圆石顶上。它兴趣浓厚地看着我，把小心谨慎的本性忘得一干二净，此时，它的好奇心绝对占据了支配地位。然而，我轻微的运动唤醒了它——就在我掉头去看它的两秒钟之后，它就猛然撞断树枝、穿过密丛逃走了，说不定它一路上还在责备自己因为如此好奇而丧失了警惕性呢。

  一个周六的下午，一个伐木工利用一顶旧帐篷剩下的帆布，拼凑成一副吊床，并将其悬挂在两棵树之间。就在那个人拼凑、悬挂吊床之际，一只属于伐木场的宠物大灰熊满心好奇，饶有兴趣地观察他的一举一动。当那个人爬到吊床上展开四肢开始读书的时候，它怀着更大的兴趣去观察他的举动。当那个人离开吊床，那头大灰熊便走上前去，用前爪击打并来回推动吊床，接着便十分笨拙地爬了上去。然而，就在它几乎快要成功地爬上去的时候，它那压到吊床边上的体重导致吊床突然歪斜，一下子让它跌落地上。它受惊似的跳了回去，然后围绕着吊床走动，满心好奇地打量这个新鲜玩意儿。然而，在它第二次尝试爬上吊床的时候，它终于成功了，它躺在吊床上张开四肢，露出了最为滑稽的神态。

在林木线之上的高处，我曾经偶然遇见过一头大灰熊，当时它正在观察一场森林大火渐渐逼近。它就像狗那样蹲坐着，专注地观看下面不断推进的烈火锋线。那个时候，一个地方发出深深的咆哮，另一个地方蹿起高高的火焰，还有一个地方弥漫着辽阔的烟云，这些场面都让它不时转动脑袋去观察，看得完全入迷。当那些推进的云影神秘地冲过山岭和山谷，它还热切地紧盯着不放。它如此专注，以至于我来到现场时，它所有敏锐的感官都不曾对它报警，尽管我在附近伫立了两三分钟观察它，它也不曾注意到我的来临。然后，我对着它大叫了一声，它才慢慢转过头来，露出一脸茫然的神情盯着我，然后生气地露出了牙齿，再过一秒钟，它就像受惊的兔子一样逃之夭夭了。

有一次，我在一条狭窄的峡谷对面前行，一个渔夫的动作深深地吸引了一头大灰熊的注意。只见那头大灰熊静静地伫立了几分钟，它所有的感官都集中在那个渔夫的身上：渔夫每一次抛出鱼线，它都满怀着最强烈的兴趣去观看；渔夫每一次拉起一条鳟鱼，它都会兴奋不已。后来，也许是风吹来了人类的气味，最终警告它附近有危险，让它的感官突然复苏，把它从好奇中唤醒，它就匆匆跑掉了。

对雨衣和轮子好奇的大灰熊

在我深入群山的一次露营之旅中，我携带了一件长长的黄色雨衣。那个日子多雾，稍稍有些下雪，于是我就穿着这件雨衣，却不料遭到一头大灰熊的尾随。显然，它有两次接近了我，尽管我没有看见它的身影，但我清清楚楚地闻到了它的气味。到了下午，我来到了高山上，我越过了林中的一片开阔地，一阵微风吹散了低飘的云，让我在片刻间看到了附近有一头徘徊不去的大灰熊，它对我颇感兴趣，伫立着观察我，完全忘记了要小心谨慎的本性，满怀好奇地打量着我身上的那件黄色雨衣。

天黑之后，我就在林木线上扎营，早就忘记了那头大灰熊，随便把雨衣挂在一根倚着悬崖的木杆上晾晒。晚上大约11点，我在记完笔记、检查了营火之后就进入了梦乡。夜里，那头大胆的大灰熊闯进了营地，它伫立在后腿上，将那件雨衣撕裂。但是，它只对那件雨衣感兴趣，对其他东西毫无趣味——它根本没有注意我就放在附近的那双鞋，即便是那挂在树枝上摇荡的腊肉和葡萄干，也不曾吸引它敏锐的嗅觉。

这个案例证明，大灰熊的好奇心可能会使得它陷入麻烦。它如此专注地观察这件东西，以至于好几个小时都忘记了觅食，而且一路尾随我，然后，为了凑近仔细查看它所好奇之物，它肯定在我的营地附近等待了两三个小时，直到我躺下睡觉，才偷偷摸摸溜进来一探究竟。

还有一次，我在黄石公园的野外露营，睡觉时，一头尾随了我一整天、身材魁梧的大灰熊凑近我仔细查看了一番。它轻轻地抓扒我的床，从而惊醒了我，我睁开眼睛观察了它几秒钟，却只能一动不动地躺着，让它把我的身体闻了个遍。它嗅了几秒钟之后，似乎就满足了自己的好奇心，便在星光下悄然离开，消失在夜色之中。

有一天，我在林肯山（Mount Lincoln）上尝试用一面镜子照向下面，给山谷中的一个探矿人发送闪光信号，没想到一头大灰熊被镜子的闪光吸引住了，便躺下来观察那些闪光到处绕圈、闪烁。在圣胡安山中，一个探矿人拖着一辆粗制的大车爬上无路的陡坡，却不料车上的一只轮子脱落了，从山上弹跳而下，越过那条冲沟的底部，而一头大灰熊高度集中注意力，观看那只弹跳的轮子。当那只轮子跳跃着冲上对面的山坡，它就变得兴奋起来，而当轮子翻转、滚动的时候，它又小心翼翼地接近，想去看看那究竟是个什么玩意儿。还有一头大灰熊蹲坐着，观察一把伞不稳定的运动——那把伞在暴风雨中凭借风势，从山顶上的一个艺术家的手中挣脱。当那把伞舞蹈一般飘过高沼地的时候，那头大灰熊露出最满足的享受神态，观察那把凌乱不堪的伞，而当一阵风将伞吹上高空之际，它又异乎寻常地充满了兴趣。

在圣胡安山中，我骑着一匹懒散的小马，沿着小径缓慢而默默地前行，偶然接近了一头大灰熊和3只幼大灰熊，而那几头大灰熊立即被我的那匹小马激发出深深的好奇心。那头大灰熊呈现出火热的新活力，在它越过峡谷、抵达一座高山的时候，它沉浸在热情中，竟然完全忘记了地形——那道峡谷就横亘在我们之间。当它再用后腿伫立在峡谷边缘上，我从马鞍上跃下来。就在那头大灰熊以那样的姿态伫立着观察整个场面的时候，它和几只幼仔完全忘记了危险。

大灰熊的好奇心是对外界的探索

　　大灰熊注意观察着附近的动物，但它经常表现出并没有去注意那只动物的样子。但如果那只动物在做某种不同寻常的新事情，它就会全神贯注地观察。两头在一起的大灰熊对同一件事情感兴趣，但如果你观察它们一分钟，它们就会显现出各不相同的个性。当然，所有的大灰熊都会对同样的事物好奇，但我很少记得，在我激发起大灰熊的好奇心时能够智胜它，而我也绝不能把它视为愚蠢一类的动物。

　　刚刚被白人入侵的地区的大灰熊，似乎花了很多时间试图查明这些入侵的陌生动物究竟是什么。对于长寿的大灰熊，人类所干的事情始终是最重要的。大灰熊对周边环境的兴趣，似乎要大于普通人对环境的兴趣。无论如何，大灰熊表现出对人类习惯的认知，要多于人类对大灰熊习性的认知。

　　大灰熊的好奇心并非无所事事，它去窥探别人的私事，并非仅仅是为了消遣，其实它所关心的，只是这些事情对于它究竟会有好处还是害处。它的好奇心是寻求事实的大脑产生的精明的心态。大多数时间，它都过着一种孤独的生活，很少跟其他同伴交流思想和信息。大多数动物都成双成对或成群结队地生活，每一个体收集的信息为群体所共用，还会分担哨兵的职责。然而大灰熊则不同，它只能单枪匹马，必须亲自去获得消息，必须亲自去侦察，因此它始终在警戒，从不盲目地做事，它必须要去把不明之事打探清楚。

任何不同寻常的事情都会激发大灰熊的好奇心，而且对于它可谓"智者不用多说"，它的成功就在于持续不断的机警。它也有充分的理由跟人们相比，它拥有那种煞费苦心的警惕心，那种孜孜不倦的活力，企图发现陌生的足迹、声音，还有移动是否隐藏着敌人的伪装。面对这些疑惑，它会立即尽力去查明可能获知的一切。

大灰熊继承了一种对探索的热爱。它的祖先是冒险者，从亚洲来到了这片大陆。总的来说，不同寻常的新事物所自然而然产生的吸引力，可能让它对事物的好奇心舒舒服服地得到满足。但是，我们乐意这样想象：当附近没有什么东西移动，当它发现自己的活动范围内没有令它激动的事情，它有时就会不安起来，因此就像探索者一样漫游，前往遥远的场地去探寻和发现。它天生就是冒险者，它寻求冒险而常常又找到令它冒险的事物。它的好奇心不允许它的生活一成不变，不允许它在旧环境中满足地生活，它始终在学习，保持活跃和探索。

如果我们不考虑大灰熊的好奇心，就无法去理解或至少有些部分不能理解大灰熊。留意宠物大灰熊，观察动物园里的大灰熊，观察黄石公园和冰川国家公园（Glacier National Park）中的大灰熊幼仔和成年大灰熊，它们如同高等动物一样四处走动，而它们的确也是高等动物。公园中的大灰熊始终会注意任何突然发生的运动，前景中出现的任何新的形状，探测从遥远的树林后面传来的任何不同寻常的声音。通过彻底、细致的观察，大灰熊和侦察兵成为精通森林知识的大师。在"好奇心"一词后面，大灰熊赋予了一个有意义的世界。

相比我所观察过的任何其他动物，野生大灰熊常常流露出一种特殊的情感，对自己周围的场景、声音和运动的更深的情感。有时候，当它如此产生兴趣之际，它还会像狗一样蹲坐着；有时候，它又四足站立；还有的时候，它伫立在后腿上，踮起脚尖；在少数时候，它还会坐在尾巴上，两只前爪搁放在胸前，也许倚靠在某种东西上面。偶尔，它在躺下的时候也会全神贯注。

当它看着美景和日落，它的外貌就令人愉快、享受，在我们称之为美丽或者辉煌的事物面前，它似乎具有一种有意识的情感。我见过一头大灰熊观望一场壮丽而多彩的日落，只见它目不转睛，全神贯注。大灰熊根本就不怕闪电的闪忽、雷霆的咆哮和发出的回声。我曾经看见一头大灰熊扭头盯着一颗流星的轨迹，另一头大灰熊则好几秒钟凝视着绚烂的彩虹。

一般来说，大灰熊对这些现象的注意力会上升为普通的好奇心。它久久地注视，它仔细地聆听，当它坐着，茫然地陷入疑惑的时候，它似乎在感觉、摸索。如果它是孩子，具有说话的能力，它当然就会提问。它的表情，它的姿态，常常表明它在自言自语："那是什么？那是什么导致的？那个声音从何而来？那些陌生的影子在逃离什么？它们为何没有发出一点儿声音就能跑动？"

第 11 章　自卫的大灰熊

On the Defensive

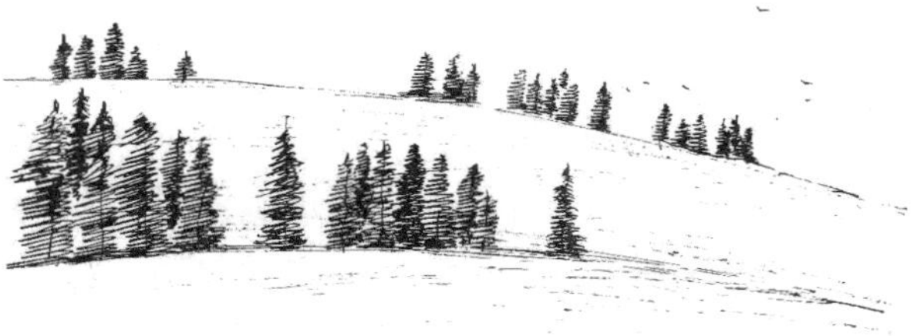

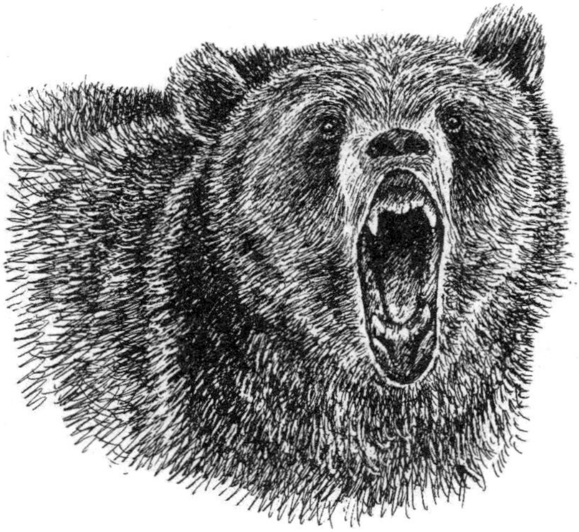

长期以来,很多人都把大灰熊的自卫行为认为是凶猛的表现,但事实并非如此。那些认为大灰熊凶猛的人,往往是杀死过或者试图去杀死大灰熊的人。大灰熊一旦被逼上绝路或者认为自己被逼上绝路,自然就会奋起反抗、拼死搏斗。多年来,很多经验丰富的博物学家、猎人和村民从第一手证据中得出这样的结论:大灰熊从不主动去挑起战斗。然而,早期的印第安人、探险者和作家却频频得出错误的结论,把大灰熊探查事物的好奇心误解为"凶猛"行为,更有甚者,还有人认为大灰熊嗜好人血,是"美国森林中残忍的暴君",其余毒甚深。事实上,为了自卫而战斗的大灰熊不能算是罪犯。因此,如果我们误读自然史,就无疑会跟自然失去和谐。

只要不去伤害大灰熊，它就不凶猛

大灰熊是我们北美地区的重要动物，我们有充分理由把它列为地球上的野生动物之首：它不仅拥有智力和体力，而且还很独立，为一切事情做好了准备，它的外貌给人深刻的印象，看起来很能干——它拥有庞大的体格、敏捷、力量、忍耐力、宁静、勇气、热情和好奇心，如果它被迫自卫，那么它就肯定是技能娴熟的斗士。

但在一个世纪之前，或在50年之前或者今天，你可以安全地漫步在大灰熊的领地之内——除非你想杀死大灰熊，那自然另当别论。大灰熊始终反抗强加在自己身上的杀戮行为，如果它遭到突袭或者被团团围困，看不到逃走的希望，如果幼仔面临危险或者母大灰熊认为自己的孩子面临危险，或者它受伤，那么就会发生战斗，大灰熊通常不是退却者。几乎每一种动物，无论是野生的还是人们驯养的，如果被逼上绝路或者它认为自己被逼上了绝路，都自然而然会奋起反抗、拼死搏斗。

在连发步枪问世之前的那些日子里，大灰熊绝对是自己的领地上的主人，它大胆地到处漫游，因为在那时，它的确没有什么可以害怕的东西，没有一个可怕的侵略性的敌人存在。然而，因为它始终那么好奇，它会匆匆前去探查令它感兴趣的一切事物，这就可能给它带来麻烦。刘易斯和克拉克探险队的那些新颖装备，似乎不仅吸引了村民们不同寻常的注意，肯定还激发出了大批聚集在沿河地区的大灰熊的最大兴趣。探险队中，有些小船类型奇怪——其中一些有船帆，还载着奇异的货物、穿着奇特的人。那些大灰熊为了满足自己的好奇心而频频接近探险队，这就使得刘易斯和克拉克认为它们有攻击性。

但是，大灰熊真的很凶猛吗？我能找到的所有第一手证据都表明它并不凶猛。从我跟它多年接触的经验来说，我要强调地回答："它并不凶猛！"大灰熊杀死的每一个人，几乎都是怀着要杀死大灰熊的特殊意图而前往野外的人。大多认为它并不凶猛的人，就是那些并不想去杀死它而去研究它的人；而大多数说它凶猛的人，则是那些杀死过或者试图去杀死它的人。

在我一生中的大部分时间里，我都生活在有众多大灰熊频频出没的地区。我曾经常常前往它们的领地，独自在那里扎营好几个月，且从不带武器。在科罗拉多、犹他、亚利桑那、墨西哥、怀俄明、蒙大拿、爱达荷、华盛顿、不列颠哥伦比亚和阿拉斯加等地，在我只身一人和跟猎人在一起的时候，我都看见过它们的身影。我常常追踪和观察大灰熊，从而度过了许多的时光，而它们留在雪地上的足迹表明，它们也经常追踪我，频频接近我，有很多次，它们占尽了天时地利，可以随时轻而易举地对我发起攻击，但它们并没有那样做。由于它们从来不曾攻击我，也不曾攻击我所认识的任何其他人——也就是那些并没有想去杀死它们的人，我就能得出这样的结论：它们并不凶猛。

大灰熊从不主动挑起战斗

有一次在怀俄明，我从一片山坡上跑下去，其间跃过那些被烈火烧死而倒下的树木，却不料无意间靠近了一头大灰熊，距离它仅有两三米远，让它突然受惊。那头大灰熊跃起来挥舞爪子朝我打击，要是它的爪子真的落到我身上的话，那力量足以将我劈为两半，但随后它就转身逃走了。尽管如此，这种行为也不能算是凶猛——显然，它以为自己遭到了攻击，所以伸出爪子予以打击，这完全是为了自卫。

很多博物学家和村民拥有第一手资料，证实了大灰熊并不凶猛，下面列出的就是摘自其中一些人的相关记录。

约翰·缪尔，从1868年至1912年在大灰熊频频出没的荒野中度过了40年的时光，他通常独自扎营，而且从来不带武器。他在自己的著作中反复提醒人们要注意荒野其实是安全之地，也提到了大灰熊是专注于自己的事情的能手，还提到了大灰熊有效地启示那些前往荒野的访客的行为也同样是如此。在《我们的国家公园》（*Our National Parks*）一书中，他就这样说道：

"当我第一次面对一头塞拉山脉（Sierra）的大灰熊，我们两者都受惊了，而且感到窘迫，但那头大灰熊的举止比我要好……当它静静地伫立的时候，我研究了它的外貌，然后就奔上前去惊吓它，试图把它吓跑，以便在它逃走时研究它奔跑的步态。然而，与我听到的所有关于大灰熊的胆怯的传闻相反，它根本就没有被惊跑，当我在距离它仅有几步的地方停下的时候，由于它露出一副战斗的姿态而坚守阵地，我就意识到自己错得明显而离谱。于是，我立即换上一副好的举止，此后再也没有忘记前往荒野时要做出的正确礼貌。"

不仅如此，缪尔还在《陡峭的小道》（*Steep Trails*）一书中也这样说道：

"树林中有大灰熊，但数量并不像城镇居民所想象的那么多，也不像他们所想象的那么凶不可言，这些大灰熊在生活中也并没有像恶魔那样到处漫游，寻找它们想要吞噬的人。俄勒冈的大灰熊跟其他大多数大灰熊一样，对人类没有嗜好，既不想吃人肉，也不想跟人交往，其中一些大灰熊可能时常会产生好奇心，以便探查人类究竟是什么生物，而大多数大灰熊却学会了躲避人类，因为它们把人类视为死敌。"

从1883年至1908年，威廉·H·赖特度过的大部分时光，多半是作为野生动物猎人尤其是作为大灰熊猎人。当他狩猎和设置钢夹之际,他除了是特别的观察者,还耗费了数年时光来拍摄大灰熊。他最初研究它们,是为了成功地追寻它们,然后他抛开猎枪,是为了研究而去追寻它们。由于对大灰熊完全熟悉和了解,赖特先生声称大灰熊并不凶猛。对于大灰熊的好奇心——早期探险者常常误以为是凶猛的那种特性,他提供了如下说明:

"我们现在知道大灰熊充满了好奇心,也知道它的一种特性就是追踪任何让它困惑不解或饶有兴趣的踪迹,无论是人的踪迹还是野兽的踪迹,它都不会放过。这种特性被很多人记录和误解……我那么频繁地看见它展现这种好奇心,而且证明它是无邪的,因此我就完全不怕这些沉溺于自己的这种弱点的动物了。有无数次,我允许一头大灰熊接近到距离我仅有几米的范围之内,任何平静的观察者,只要观察过一头大灰熊为了满足自己的好奇心而挑战自己的谨慎原则,就不可能误解大灰熊接近探查的那种本性了。"

1826年,植物学家德拉蒙德来到落基山中采集植物,其间与大灰熊有过无数次相遇的经历,因此他熟悉大灰熊的好奇心。他说那些大灰熊经常靠近他,还伫立起来看着他。但是,只要他摇动标本盒发出噪音,或"甚至挥一挥手",那些大灰熊就会立即逃之夭夭。

从1849年到1859年,詹姆斯·卡彭·亚当斯在加利福尼亚和太平洋沿岸狩猎、设置钢夹捕猎。他捕获过无数幼年和成年的大灰熊,并以正确的方式来驯养它们。他充分、详尽地讨论了大灰熊的特性，谙熟它们，跟它们亲密接触多年之后，他这样说大灰熊："它不会主动挑起战斗。"

基特·卡尔森（Kit Carson）——另一个与大灰熊有着长期接触经验的人，在总结大灰熊的时候也并没有说它们凶猛。

W·T·霍纳迪（W. T. Hornaday）博士熟悉荒野中的大灰熊，也谙熟动物园中的大灰熊。在他的著作《美国自然史》（The American Natural History）中，霍纳迪博士如是说道："我对大灰熊的性情做过很多观察，我深信这种据说很野性的动物的性情不用说是相当安静，性格温厚。而与此同时，没有哪种动物像它那样会迅速对外来的冒犯或伤害产生怨恨，或者惩罚冒犯者。大灰熊的性情属于自卫性，而不是侵略性。这种动物始终会逃离人类，除非它被逼上绝路，或者认为自己被逼上了绝路，则另当别论。"

早期探险者和作家对大灰熊的误解

印第安人曾经警告过早期探险者，声称大灰熊是"一种可怕而凶猛的动物"。所有早期作家都先入为主，相信大灰熊很凶猛。这些作家当中的大多数人都从来不曾看见过大灰熊，却把印第安人的错误结论作为事实写了下来；而极少数见过大灰熊的作家，也显然主要是从这些先入为主的观念中来判断大灰熊的性情。即便是刘易斯和克拉克也描述了大灰熊的一些行为，并称之为凶猛，但其实，他们所描述的那些不寻常的行为，仅仅表明了大灰熊的好奇心和兴趣，或者在最坏的情况下，也不过是大灰熊对他们这群探险者奇异的外貌而感到兴奋、激动而已。

奥杜邦说过的几句话，就充分表明了很多猎人和作家在狩猎或写到大灰熊时所表现的那种兴奋、激动的心态。他是这样说的：

"当来到大灰熊很可能隐藏起来的地区，哪怕有一只受惊的地松鼠（ground squirrel）匆匆跑过，神经也会深受刺激，导致心跳加速，听到保险栓清晰的咔嗒声、步枪被匆忙顶到肩膀上的声音，提前一秒让猎人放心。"这暗示了情绪，但不准确。

1790年，爱德华·翁弗雷维尔（Edward Umfreville）在总结北部和西部的动物时，写到了"红色和灰白色的大灰熊"，并说"它们的本性野蛮而凶猛，它们的力量很可怕，应该警惕它们的出没。"

1795年，亚历山大·麦肯齐爵士（Sir Alexander MacKenzie）记录下了如下内容：

"印第安人对这类被称为'大灰熊'的大灰熊忧心忡忡，除了三四个人结伙，他们从来不会单独冒险去攻击它。"

亨利·M·布莱肯里奇（Henry M. Brackenridge）——《路易斯安那的景象》（Views of Louisiana）的作者，从那些道听途说中写下了如下内容：

"这种动物是它所栖居的乡野的君主，非洲狮和孟加拉虎都不如它可怕。它是人类的敌人，真正嗜好人类的血，非但不躲避人类，反而还会攻击甚至追猎人类，且很少失手。印第安人对这些凶猛的怪物发动战争之前，都要举行仪式，就像他们对另一个部落发动战争之前那样，而且，在凯旋的仪式中，那个杀死一头大灰熊的勇士所获得的荣誉，往往比割下敌人的头还要重大。大灰熊拥有令人吃惊的力气，会毫不犹豫地攻击、撕碎体型最大的野牛。"

1805年4月29日，刘易斯和克拉克记录大灰熊的第一段文字即这样说道：

"我们一大早就出发，此时，一阵温和的风吹来。刘易斯上尉跟一个猎人在岸上，大约在8点的时候，他们遇到了两头大灰熊。对于这种动物的力气和凶猛，印第安人早就给我们描述过，他们除非结成6~8个人的团队，否则从来不敢单独去攻击它，即便是他们成群结队，也常常会被那种大灰熊击败，以损失一个人或更多人而告终。他们只有弓箭之类的武器，还有贸易者供给他们的劣质枪支，因此他们不得不非常靠近大灰熊，然后才群起而攻之，除非重创大灰熊的脑袋和心脏那样的致命点，一旦他们错过目标，便会频频沦为大灰熊反击的牺牲品。而大灰熊则会攻击而不是躲避人类，让印第安人如此恐惧，因此，当他们去猎大灰熊的时候，都会在自己的身上涂抹色彩，习惯性地举行所有迷信氛围浓重的仪式——就是那种他们对邻近的部族发动战争时所举行的仪式。迄今为止，我们看到过的印第安人似乎都不想遇见我们，但是，尽管对于技巧娴熟的枪手危险减少了很多，然而那白大灰熊依然是可怕的动物。就在那两头大灰熊靠近的时候，刘易斯上尉和那个猎人都开了枪，两人都各自击伤了一头大灰熊，其中一头开始逃跑，而另一头则转身对抗刘易斯上尉，朝他追出了六七十米，但由于伤势严重，它追逐的步伐逐渐放慢，没能阻止刘易斯上尉重新装填子弹，而刘易斯上尉则再次瞄准它开枪，紧接着那个猎人也开了第三枪，最终将其撂倒在地上。"

刘易斯和克拉克、克林顿的误解

下面是摘自《刘易斯和克拉克日记》（Journal of Lewis and Clark）的两个额外的段落，显示出大灰熊非常机警又充满好奇，而且它还不习惯于害怕人类。

"在密苏里河源头制造了那么多麻烦的大灰熊，在这个地区也同样凶猛。今天早晨，当小船驶过的时候，一头大灰熊伫立在沙洲上，它伫立在后腿上目送探险队经过，接着便跳进河里游向他们，不过，它遭到了3颗子弹的迎头痛击，然后便转身朝岸上游去。接近傍晚的时候，另一头大灰熊进入水中，准备游过河去。克拉克上尉见状，便命令小船朝岸边驶去，就在那头大灰熊从水中爬上岸来的时候，他们对准那头动物的脑袋开枪射击。结果证明，这是他们所见过的体型最大的雌性大灰熊，而且它如此老迈，以至于它的长牙都磨损得相当光滑了。"

"正当他到达柳溪（Willow Run）的时候，他靠近了一片浓密的灌木丛，那里面隐藏着一头白大灰熊，他一直骑行到距离那头大灰熊仅有3米之遥才发现它，因此他的马完全受惊了，突然疯了似的旋转过来，一下子就将麦克尼尔（M'Neal）几乎从马背上抛到了那头大灰熊的下面，而那头大灰熊立即猛地站了起来，麦克尼尔发现那家伙伫立在后腿上来攻击他，便用火枪的柄端狠狠砸向它的脑袋，这样的打击如此猛烈，以至于他砸断了火枪的后膛，将那头大灰熊打翻在地，在那头大灰熊恢复过来之前，麦克尼尔看到附近有一棵柳树，便一下子爬了上去，而那头大灰熊爬起来，一直守候在树脚下，却又无可奈何，到了下午很晚的时候才快快离开。麦克尼尔获得了解放，便从树上爬下来，找到了他那匹走失到3.2公里之外的马，回到了营地。这些动物的确具有最不同寻常的凶猛性，在跟它们的所有遭遇中，我们都能有好运气，能全身而退，不能不说是个奇迹。"

纽约州的德威特·克林顿州长（Governor DeWitt Clinton）把大灰熊介绍给世人，但他似乎从《刘易斯和克拉克日记》中摘取了一些信息。1814年，在一场面对纽约市文学与哲学协会（Literary and Philosophical Society of New York City）的演说中，他完全误解了大灰熊的真实性格，并广为散布了一些错误信息，那些错误信息不仅在当时为人所深信，而且还流传至今。真实的大灰熊具有显著的性格，但它被人们的言谈和故事口口相传——喔，"没有那样的动物。"

克林顿州长说："有一种白色、棕色和灰白色的大灰熊，美国森林中残忍的暴君——它存在，野蛮的恐惧，所有其他动物的暴君，吞噬人类的野兽，挑战着整个印第安人部落的进攻。"当时极少有人意识到,这些话在一定程度上阻碍了人们的户外生活,何等巨大的程度上促成了那些虚假编造的自然文学出现。

对于大灰熊的战斗力,印第安人心怀深深的崇敬。当一个印第安人杀死一头大灰熊,他会佩戴着大灰熊爪作为奖章,以此来表彰他展现的罕见的勇敢行为。大灰熊的脑袋和皮革很厚实,印第安人很少能用箭矢和长矛穿透。正如德威特·克林顿州长所说的那样,我们可能轻信大灰熊挑战"整个印第安人部落"的进攻的说法。今天,它也会挑战整个印第安人部落和20来个拿着相似武器的入侵者。而大象、非洲狮或老虎也一样,同样会进行这样的挑战。

在刘易斯和克拉克那个时代,猎大灰熊的时候,猎人需要拿着猎枪接近大灰熊,只有那样,子弹才可能有足够的速度射穿要害之处。那时的步枪仅为单发,一旦猎人没有击中目标,或者射击无效,那么猎人便会暴露在大灰熊的攻击之下。因此,在大多数案例中,那些试图杀死大灰熊的人要么被大灰熊击败,要么仅仅通过集体的力量获胜,但也损失了一些人员,这就不足为奇了。但是,大灰熊承受这样的进攻以及自卫的能力,便被人跟"凶猛"一说混淆起来了。

误解自然史,会让人与自然失去和谐

大灰熊是名列前茅的战斗机器,面对两三代人之前的武器,它经常都要拼搏一番、让敌人付出惨重的代价才会丧命。在很短

的时间之内，大灰熊便获得了"凶猛"的名声——"人类可怕的猎食者"。大灰熊有效地击溃那些前往荒野攻击它的人，跟它主动出来追猎、攻击那些并没有骚扰它的人相比，完全是大相径庭。它从不曾攻击那些没有骚扰它的人。

但是，翁弗雷维尔、麦肯齐、布莱肯里奇、克林顿、刘易斯和克拉克等人坚持认为大灰熊是斗士，令人敬畏，也许还无可匹敌。在这一点上，他们的观点得到了大力支持——有很多流传、遍及大灰熊出没之地的第一手证词。但是，这并没有确定大灰熊就是凶猛、大灰熊就主动寻求杀戮。不，大灰熊并不会主动挑起战斗，它几乎会以任何代价来维持和平。

大灰熊为了自卫而战斗，人类也一样。一个为了自卫而战斗的人不是罪犯，自卫的大灰熊当然也不是。因为这种为了自卫而战斗的动物，大灰熊不应该被置于犯罪阶层。"狗急跳墙"是一个古老的成语。所有的动物都会为了自卫而战斗，其中一些动物比其他动物要迅速。在跟人类对抗的过程中，极少动物能成功，而大灰熊则通常能成功。显然，正是因为大灰熊的这类有效的自卫，给它带来了罪犯的恶名。

那些相信大灰熊很凶猛的人，也会相信大灰熊会吃人肉，这很常见。但是，目前还没有已知的例子证明大灰熊吃过人肉。

现在，我们听说阿拉斯加的大灰熊特别凶猛。然而在现今的阿拉斯加，以及在过去的很多年里，那里的大灰熊都把自己的踪迹尽可能隐藏在树林中，如此一来，人们就不会轻易地发现它们的踪迹。沿着大海，很多大灰熊的食物被冲到岸上，而大灰熊的踪迹并没有留在开阔的海滩上，而是留在一段距离开外的树林后面。大灰熊通过嗅觉来告诉自己海岸沿线是否有食物。在阿拉斯加，它们的踪迹和日常生活确凿地表明，它们主要的顾虑是要如何避开人类的视线。

在黄石公园，跟大灰熊接触的经验表明大灰熊并不凶猛。当这个公园成为野生动物保护地的时候，那里拥有无数的大灰熊。拜访公园的来客人数不断增长、络绎不绝，他们都没有携带枪支，因此他们都不曾受到大灰熊的骚扰，然而大灰熊四处出没。在人与大灰熊这样友好交往了约20年后，一些大灰熊，因为吃了垃圾而消化不良、意志消沉，还因为遭到一些轻率的人的骚扰，从而变得暴戾，后来甚至还变得危险。但是，这些大灰熊也不能被称为"凶猛"——只要我们消除垃圾、停止骚扰大灰熊，它们便会再度变得友好起来。

众神把大灰熊当作黄金馈赠，赋予无数极度炫丽而又靠不住的自然史的作家。还有一类作家，就是梅恩·里德上尉（Captain Mayne Reid）那一类，他们笔下的大灰熊和其他荒野动物的故事都令人毛骨悚然，纯属虚构，而且，尽管他们的文本甚至一点儿也没有装作是事实，似乎也被千千万万的读者所严肃地对待、信以为真了。这些作家的作品如此多产而又连续不断，因而丧失了事实，对于普通读者来说，他们实际上不可能去了解真正的大灰熊，因此这样的错误接近了要永远错下去的程度。压倒多数的人被强加和灌输了错误的自然史知识，不能不说是国家的不幸。人类的命运与自然密切地联系在一起，任何人误解那些把我们和自然联系在一起的简单的事实，就与事物的整个体系失去和谐。对自然史准确的认识，对于引导我们这个种族的判断有着极其重要的地位。

因为谙熟大灰熊，詹姆斯·卡彭·亚当斯、威廉·H·赖特和菲利普·阿什顿·罗林斯（Philip Ashton Rollins）等人赞赏这种动物。如果每个人都充分意识到大灰熊的性格，那会是一件大好事。对大灰熊这种伟大的野外动物转变态度，可能会导致荒野在人们心目中成为友好的奇境，从而吸引所有人前往。

第 12 章　大灰熊与人相伴的故事

Making a Bear Living

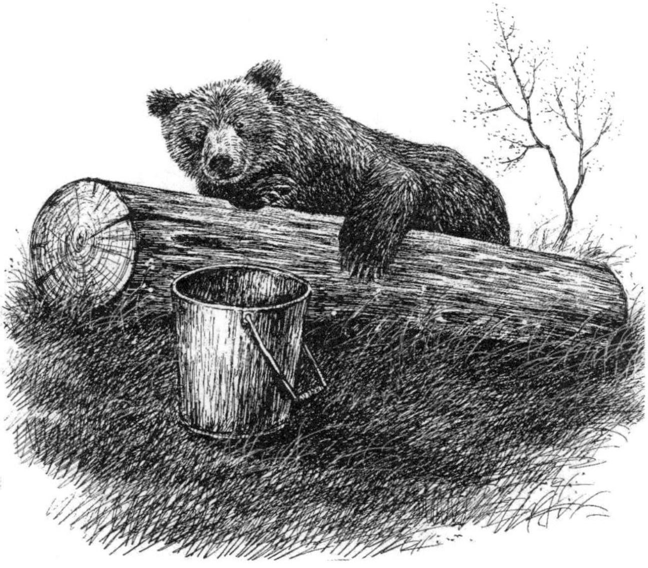

一头幼大灰熊——"大灰熊小姐"自幼生活在锯木场上,它性情良好,喜欢跟人嬉戏,成为大家的宠物。它不时独自前往森林,有一次还差点带回来一头陌生的幼大灰熊。三年后的一天,它在外出之后一去不返,回归了自然……一头名叫"本·富兰克林"的大灰熊,自幼被主人训练有素,毕生为主人服务。在主人狩猎时,它忠诚而勇敢,不仅充当驮畜,还冲锋陷阵,从厉害的母大灰熊的血盆大口中把主人拯救了出来,自己却身负重伤……两头成为孤儿的幼大灰熊来到牧场上,快乐地生活。它们跟随人们去钓鱼,享受最初钓到的4条鱼;它们训练有素,不会从餐桌上攫取一丁点儿食物。但后来,其中一头不幸被人毒死,另一头则因为不堪逗弄而再次伤人,最终被"流放"远方。

大灰熊小姐的故事

在梅迪辛博山脉中，正当我到达一座锯木场附近的林边，一头年幼的大灰熊便朝我冲了过来，仿佛要"猛咬"我一口。它的举动把我惊吓了一秒钟，但接下来我就立即意识到这只是一头宠物大灰熊。

于是我对它说："你对陌生人可没有礼貌哦。"

它伫立了片刻，静静地看了看我，然后就开始围绕我而跳跃、疾走，就像是一只刚刚跟你相识并渴望嬉戏的笨拙的小狗。

这头幼大灰熊名叫"大灰熊小姐"，大约在一年半前，它还是幼仔的时候，便被人捕获，锯木场的工头将它养大，于是它就成了这个营地上所有人的宠物和最爱，它能自由地出入这个地方，不时跟赶驮队送货的人和那些受它欢迎的陌生人嬉戏。它跟所有人都有交往，做朋友，却又不属于谁。

在锯木场的早期生活中，它记住了躲避那嗡嗡作响的大圆锯。这事出有因：有一天，它站在离圆锯两三米开外，一边听着圆锯发出的嗡嗡声，一边看着木屑从锯子下面飞出来，而就在此时，锯子碰巧切割到了木头上的一个节瘤，一片木屑猛然飞出来，狠狠地击中了大灰熊小姐的两眼之间，使得那个部位肿了起来，从此以后，它就对锯子格外警惕了，尽管它有时也会绕着锯子而行，却再也不敢去冒险靠得太近。当传送带把木头送往锯子的时候，它常常会跳到木头上，但始终都会在靠近锯子、被飞出的木屑击中之前就跳了下来。

一个伐木者从若干公里之外来到锯木场，停留了一段时间，他把自己的宠物黑熊也带来了。此时，所有人都聚集在简陋的棚屋里面，想要看看两只大灰熊相遇的情形。当那只黑熊进来的时候，大灰熊小姐正在屋里，黑熊看见大灰熊小姐的那一瞬，它就立即被"吓傻了"，迅速转身，试图从屋里逃出去。骄傲的大灰熊小姐对此却表现得很冷漠，虽然它当时的体型比那头黑熊要小得多，但它毫不畏惧，假装没有看见那只黑熊。它根本就忽视了黑熊的存在，从后门走出房间，跟营地的一只狗嬉戏起来。

大灰熊小姐始终独立、足智多谋而且能干。有一天，一个赶马车的人递给它一瓶番茄酱，它直立起来，伸出两只前爪将其灵巧地接住。它对这瓶番茄酱极感兴趣——或许是对颜色感兴趣。在滚动瓶子的过程中，它看见里面有一个浮动的气泡，于是便将其从头到尾颠倒过来，试图弄清楚那里面究竟是什么。于是，它把瓶子举到自己的眼睛和光线之间，还靠近耳朵来回摇动，然后，它直接走向附近的一根木头，将瓶子扔在上面，结果瓶子破碎，番茄酱朝四面八方溅洒了一地，在好奇心得到了满足之后，它到处舔食番茄酱，似乎很享受。

人们从来不会去逗弄大灰熊小姐，也不会教给它任何诡计。结果，它的性情就始终如一地表现出最佳状态。它喜欢侧翻跳，喜欢让人推着它滚下锯木场附近的山坡，在这样的时候，它会蜷曲着身子，把鼻子靠近脚尖的后面，向前滚动又滚动。偶尔，它还会爬上平顶木棚去享受此类翻滚活动。它来到锯木场的最初几周之后，它就频频爬到木头、木材堆和低矮的屋顶上，却并没尝试去攀爬树木。

大灰熊小姐很自由，没被系上链条，因此可以前往它喜欢的地方闲逛，在锯木场或者附近地区度过了大部分时光。偶尔，它会跟随一个伐木者进入树林，有时候，它会躺在伐木者工作场地附近，一躺就是一小时，对飞舞的木屑颇感兴趣。有时候，它还会离开，到附近去进行短暂的觅食之旅，为了寻找蚂蚁和蛴螬，它会把老树桩撕成碎片，要不就把石头翻转过来。然而有一天，一棵被砍倒的树木在倒下的过程中，枝条在大灰熊小姐的周围四处飞溅，其中一根枝条显然击中了它，尽管它没有受伤，它却像受惊的婴儿大叫了起来，迅速转身跑回营地，从此以后，它再也不跟那个伐木者前往树林了。

大灰熊小姐通常在户外厨房的门外进食，偏爱在隐蔽之处吃东西。但是，当它特别饥饿，它会在大家都在吃饭的时候大胆地走进餐厅，围绕餐桌转动，对人们给它的食物统统来者不拒，而在这样的时候，每个人都会主动给它一点儿食物。

它很喜欢那个每周两次赶着马车运来供给品的人，通常还会跟他走上回家的路，跟着马车一路奔跑。偶尔，它更喜欢搭乘马车，靠在那个人的身边，还把鼻子放在他的肩头上，像一只大狗那样蹲坐着。一般来说，它只会跟着他走出三四公里，然后迅速转身回家，但偶尔也会逗留、闲逛、迟迟不归。在它来到锯木场的第三个夏天，有一天，它一如既往地跟随那个赶马车的人而去，但直到夜里才回来。从此以后，它不时会独自进入树林，有时会离开一两天，但没有人知道它干什么去了。有一天，在一次不同寻常的离开之后，它在另一只大灰熊幼仔的陪同下回来了。

留在灰尘中的足印表明，那只陌生的大灰熊幼仔犹犹豫豫地接近锯木场，在距离锯木场大约270米之处，它就伫立在后腿上，警惕着打探周边的动静，仿佛它闻到了或听到了某种令它担忧的东西。在路上的很多地方，大灰熊小姐显然还转过身去打消它的顾虑。最终，两只幼大灰熊来到距离锯木场很近的地方，然而就在此时，随着一个人的出现，那只陌生的幼大灰熊立即转身，逃进山林之中。

第一个冬天，大灰熊小姐并没有打算冬眠。它有条不紊地进食，人们也从未想过要鼓励它去冬眠、蛰伏。但是到了第二个冬天，它就冬眠了3个月。大约在12月1日，它在一大堆锯木屑的侧边挖掘了一个深入内部的洞，爬进去睡觉。在那个冬天，人们有两三次把它唤醒，它来到洞口望了一眼，然后又回去睡觉了。它一度出来几个小时，尽管人们用食物诱惑它，但它也拒绝进食。平常，大灰熊小姐睡在锯木场外面，靠着建筑物的一端，但有时它也会在木板堆下面过夜。

在大灰熊小姐来到锯木场的第三个秋天，它无数次独自进入树林，有一天，它在离开之后就一去不返，再也没有回来。

本·富兰克林的故事

詹姆斯·卡彭·亚当斯，以"大灰熊·亚当斯"而闻名，这位美国野生动物猎人和设置陷阱的捕猎者，无疑因为展现大灰熊真实性格的成就而名列前茅。在他的传记《詹姆斯·卡彭·亚当斯历险记》（*The Adventures of James Capen Adams*）中，就讲述了他在掌控大灰熊方面所采用的种种聪明、充满同情心而又非常成功的方法，无论是成年的大灰熊还是幼熊，他掌控起来都得心应手。他让大灰熊成为自己忠实的伴侣，并训练它们，从而让它们在某些方面发挥才能，为自己服务。在掌控这些大灰熊的过程中，亚当斯仔细研究了它们的性格，始终如一地满怀同情心、善良、平静而又严格。通过温和地对待大灰熊，通过引发这种动物的兴趣和忠诚，他努力达成自己想要得到的结果。在他的方式中，他跟一般动物训练者不同，根本没有他们常常采用的强迫和折磨等主要手段。

大灰熊本·富兰克林被亚当斯养大的故事，就充分展现了真正的大灰熊和优秀的主人。当本·富兰克林还是一头尚未睁开眼睛的幼大灰熊时，亚当斯便把它从巢穴里面带回了家。起初，亚当斯用水、面粉和砂糖的混合物来喂养它，然后他说服了一只正在哺乳幼犬的灰狗（greyhound）"漫步者"给它喂奶。这头幼熊在吃奶的时候，亚当斯不得不给它戴上鹿皮脚套，以防它不小心挠伤其"养母"。因为这样的哺乳关系，本和"漫步者"由此成为终身伴侣，在没有睡觉的时候，它们大部分时间都在嬉戏、打闹。

当它们还很小的时候，亚当斯有时会带着它们穿越群山，把它们从马车上放出来，让它们在一起玩耍。在这样的时候，它们就会在草丛上相互追逐，要不然就快乐地追逐那些时常出没的野兔、松鼠或草原土拨鼠（prairie-dog）。当它们长大之后，它们又喜欢成天在一起徒步旅行。有很多次，本需要戴上鹿皮鞋来保护自己的脚，使其免遭锋利的岩石和沙漠的沙子损伤，在它长得更大之后，它的脚在行走时曾经非常疼痛，以至于亚当斯不得不把它装载到马车上，拖拉一两天。

本在体型上很快就超过了它的狗兄弟，但是，尽管它的步履迅速，它也很快被灰狗所超越。有若干次，本和"漫步者"偶然遭遇了奔跑迅疾的羚羊，"漫步者"奔跑很多公里还能紧追不舍，而本却通常只能追逐大约 800 米，然后便无法跟上"漫步者"的步伐了，它只得坐下来，四处环顾片刻之后，就回到主人身边。有好几年，在亚当斯翻越群山的漫长狩猎旅行中，它们都伴随在他的左右。

有时候，在这头大灰熊能获取的范围内，亚当斯会放上一些美味食物来诱惑它，但它如此训练有素，绝不会去碰任何食物，直到亚当斯把食物给它，它才会享用。在饥饿的时候，它常常会蹲坐在主人身边，偶尔会仰望主人的脸，如果自己的请求还没得到关注，它就会发出抗议的声音。

当本的体型长得更大，亚当斯就把它训练成了一头驮畜，让它驮着扎营用具和供给品穿越荒野。在别的时候，亚当斯还把它和"漫步者"用于狩猎，甚至用它猎大灰熊。本也屡获"战功"，还曾经因为跟一只美洲虎（jaguar）进行殊死搏斗而身负重伤。一般情况下，亚当斯都不会用链条拴住它，除了在靠近村庄的时候才会将其系住，而那样做，只是为了村里那些容易受到刺激的狗的安全。

在远征俄勒冈群山的一次狩猎中，亚当斯有过一场他认为自己是九死一生的经历。当时，他一如既往地带着本·富兰克林和"漫步者"外出狩猎，当他穿过一片密丛之际，他出乎意料地遭遇了一头带着幼仔的母大灰熊，而那头母大灰熊受惊之后，立即猛冲过来将他撞翻在地，并开始猛咬他。到那时为止，本·富兰克林还不曾见过自己的同类。

当时，亚当斯的脑海中迅速闪过一个念头："本会怎么做呢？究竟是帮助我，还是加入同类的行列，也向我发起攻击呢？"

而本的脑海里没有丝毫怀疑，也没有任何犹豫，尽管它还年幼、体型不大，面对一头比自己要大五倍的大灰熊，它还是奋不顾身地冲上前去保护主人。本如此精力充沛地冲向那头身材魁梧的大灰熊，使得对方不得不把注意力从亚当斯转向它，并把愤怒都发泄到它的身上。尽管亚当斯身负重伤，但他还是能趁此机会抓住猎枪，射杀了那头大灰熊。

受伤的本咆哮着跑回营地，亚当斯也伤得厉害，紧跟在后面，发现本躺在营地马车下面，舔着自己鲜血淋漓的侧身。他多么感谢本的救命之恩，因此他先给这头小大灰熊包扎好伤口，才处理自己的伤口，好几天都待在营地里养伤，给予本无微不至的关心和照顾，让它尽快痊愈。因此，我们能够理解亚当斯给予本·富兰克林如此高的评价："最优秀的兽类，比任何动物都忠诚。本·富兰克林，森林之王，它那个种族之花，我最坚定的朋友。"

以下对本·富兰克林的颂词《一个杰出的加利福尼亚土著之死》，出现在1858年1月19日的旧金山《晚报》（Evening Bulletin）上：

"大灰熊本·富兰克林，博物馆人员亚当斯的宠物，过去的三四年间，他在群山中不同的远征和在加利福尼亚城镇中逗留期间的同伴，星期天晚上10点离开了尘世。这头高贵之兽，1854年于默塞德河（Merced River）的源头被捕获，被它的主人从幼仔养大，一生中表现出了最不容置疑的非凡睿智和友爱。它始终顺服而温和，尽管拥有野兽中庞然大物的体型和力量，但在性情上很安宁祥和，尽管它在嬉戏时有些粗野，但其始终性情良好。它常常驮着主人的行囊、供给品和武器，也常常分享主人的毯子，和主人同吃一条面包。

看得见它的一只眼睛受了伤，它的脑袋和脖子周围有多处伤疤，但那些都是可敬的伤痕，同样也反映了可怜的本作为勇士的荣誉。这些伤痕都是在为其人类朋友、保护者和主人服务时留下的。可以想象，亚当斯对于它的离世有多么悲伤。"

吉姆小姐和贝茜先生的故事

在西部的很多年里，菲利普·A·罗林斯先生一直是保护而富于同情心的大灰熊观察者。他在不同的地区了解大灰熊，在无数的环境中观察大灰熊；他起初用猎枪然后又放下猎枪去追寻大灰熊；他采取善良而聪明的方法把大灰熊养大。他是大灰熊这种动物的最好朋友之一。他从自己的个人经历中，给我写来了以下这些文字：

"致了解和热爱大灰熊的埃诺斯·A·米尔斯，热爱大灰熊的菲利普·A·罗林斯敬上。

在大约30年前的一个夏日，一个牛仔从我们在怀俄明的牧场出发去狩猎，他射杀了一头雌性大灰熊，那头母大灰熊留下的两只幼仔被他带到了牧场上，在这场搬运幼大灰熊的行动中，他的衣服被撕破了，身体被撕得遍体鳞伤、体无完肤。大家匆忙地给那两头幼大灰熊取了'吉姆'和'贝茜'这两个名字，幼大灰熊到来后大家的不满、咒骂，是幼大灰熊拉扯、咆哮的结果，后来为了明确性别的缘故,它们的名字被改为'吉姆小姐'和'贝茜先生'。

两头幼大灰熊很快被引到了它们的睡觉区域,此处位于'熊舍'——一个四周有围栏的场地,通过一道门连接着牧场房舍的主要房间,而那道门通常只用几层沉甸甸的油毡帘子来做封闭。当两头小小的大灰熊出现在'熊舍'的时候,那里已经居住着5只黑熊,而两头幼大灰熊不依不饶,到处抓挠和啃咬其所能触及的每个人和每件东西,以此宣告自己的到来。在大吵大闹了几天之后,在经过不断喂食的诱惑之后,吉姆小姐和贝茜先生迅速驾驭了那5只黑熊,成了独裁者,也成了所有人的朋友,它们跟大家都交上了朋友,除了一个人——那个人始终忍不住要去逗弄它们,因此让它们特别厌恶。几个月过去了,两头幼熊茁壮成长,体型不断长大,而那个人还在继续逗弄它们。终于有一天,一场冲突不可避免,终于爆发了,那个人严重受伤,人们不得不请来外科医生,为伤者接上3根肋骨和一只手臂。

除了这场涉及人体解剖学的探究,此后一直没有发生什么麻烦事情,直到4年结束。在这4年间,两头大灰熊一直随意进出牧场房舍,无论什么时候,都可以拥有自己额外的食物,参与牧场就餐,整齐地栖在餐桌脚下的一条长椅上。在最初的6个月之后,它们就随意外出旅行,有时候会连续好几天离开牧场,要么就这样独来独往,要么跟随任何有机会穿越乡野的人同行。这些旅行屡屡使它们成为一种钓鱼会的附属物,在钓鱼会上,它们始终满足于享受人们垂钓到的最初4条鱼——每头小大灰熊各分享两条。

人们不曾尝试两头幼大灰熊玩弄什么诡计。从一开始，人们就像对待训练有素的猎犬那样对待它们，只是它们在牧场房舍中接近人们的餐桌或在钓鱼会上的聚餐之前，会给予它们一些特殊照顾——喂食。在餐桌脚下的长椅上，它们从来都不曾失礼，从来不曾攫取一丁点儿食物，仅仅会满怀尊严而默默地坐着，直到有人叫到它们的名字。一听到自己的名字，那头受到邀请的大灰熊便会从长椅上笨重地下到地板上，慢吞吞地走向邀请者的椅子，有些温和地接受自己得到的食物——被许诺的蜜饯，然后便迅速回到自己的座位上。不过这一点倒是真的，如果那头回归的大灰熊精力旺盛，它会屡屡顺便伸出爪子，顽皮地捅捅自己的同伴，但其爪子绝不会瞄准或落到人的身上。

这两头大灰熊堪称真正的伴侣，因为它们就像最佳的狗，具有所有充满友爱的忠诚，智力远远超过任何马的智力，还拥有无穷无尽的幽默感。谈到智力，它们以一种方式来不断使用大脑，也许在多年以前我观察过的另一头大灰熊身上，这种方式成了最佳例子：当时那头大灰熊发现了一听装满一半食物的罐头，而那听罐头则被半封闭的盖子挡着，使得它无法触及里面的食物，于是，它用两只前爪捧起一块石头，砸碎了盖子，获得了食物，即便那只是一头大灰熊，但它也使用了智力。

我刚才说过，在那4年间没有发生什么麻烦事情。我重新想了一下，其实还是发生了一件麻烦事情。有一年的11月，有人从东部得到了一些保存得很新鲜的蓝莓。这些蓝莓被制成了24个用深器皿焙出来的大馅饼，牧场上每个人都可以享用一个。在大家预期的盛宴来临的那天，邻近的营地在举行娱乐表演，使得大家都离开房子前去参加，但娱乐表演没能吸引两头大灰熊前往。在那天接近傍晚的时候，一队喜欢馅饼、充满期待、快乐高兴的人接近房子，却发现房子的两根木头从外面被拉扯了出来，积雪上留下了鲜明的蓝色大灰熊迹，这就预告了大家对那24个馅饼的期待已经成为幻想。

那4年结束的时候，吉姆小姐不幸沦为毒药的牺牲品，我们永远不知道那毒药究竟是用来对付它的，还是用来对付狼群的。而贝茜先生也再次受到逗弄，这次的惹事者是一个来访的牧场工人。在那个牧场工人被抢救过来之后，大家决定必须清除那头大灰熊，但不应该杀死它，因为那类似谋杀；也不应该把它关在动物园的笼子里面，因为根据大灰熊的法则，它是无罪的。因此，大家经过协商，同意应该用某种方式让它迷路不归。于是，它被人引到了距离牧场320公里之外的远方，让其自行其道。但大家都没料到的是，它先于他的看管者8小时回到了牧场。然后，它又被引到爱达荷的群山中，而这一次它的归程时间仍然很可能是那条路线最短的纪录。最终，两个赞赏它的人引导它前往俄勒冈，在那里跟它永远分手。那两个人最后一眼看它的时候，还发现它似乎面带愉快的表情，因为它正凝视着系在树上的两块火腿——设置火腿，一是为了转移其注意力，二是给它作为分别的礼物。"

一个真正熟悉大灰熊的人，似乎用自己对大灰熊的赞美充满了每一个人的思想。威廉·H·赖特先生——我在这本书的其他地方引用过他的话,他完全了解大灰熊。他所著的《大灰熊》(*The Grizzly Bear*)一书内容全面、广泛,上面就写着这些赞美的话语:

"向北美最高贵的野生动物大灰熊,

作者致以尊敬、赞美和友爱。"

第 13 章　面临新环境的大灰熊

New Environments

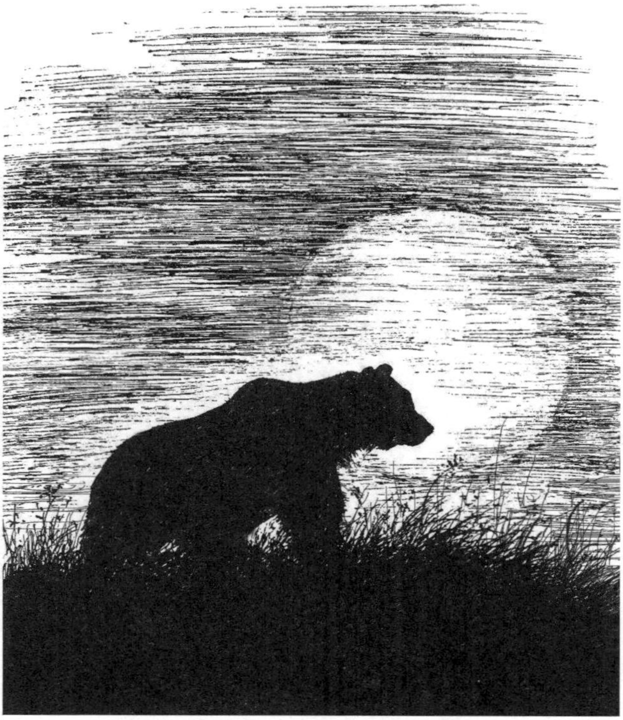

随着美国西部开发的推进，无数猎人蜂拥而至，无情地射杀大灰熊；定居者也带来一群群牛羊，严重地挤压了大灰熊生存的空间，使得其数量急剧下降，而残存的大灰熊也不得不离开故土，前往别处去寻找家园。在长期遭到无情的追杀之后，和平突然降临了：黄石公园成了大灰熊的庇护之所，因而它们开始从山林中现身，跟人类频频接触。但是，不断增长的游人产生了大量的垃圾，而很多大灰熊则以垃圾为食，不仅吃坏了肠胃，还对垃圾食物形成了依赖，变得性情败坏，有时还会袭击营地和旅馆。但是，一旦它们离开垃圾堆，便会立即恢复常态，像以往一样机警、活跃。面对人类带来的新环境，大灰熊能够迅速调整自己，予以应对。

人类的入侵，让大灰熊面临新环境

一块岩石从高高的悬崖上坠落下来，掉在我正在观察的一头大灰熊附近，击中坚硬的花岗岩，发出可怕的撞击声。那头大灰熊毫不在意那些在附近纷飞的碎石和弹跳的碎片，只见它伫立在后腿上，用两只爪子捂住耳朵，而当它把爪子移开，回声又从对面悬崖上越过湖泊隆隆地传回来，它赶紧再次捂住耳朵，以此避开那震耳欲聋的撞击声。

还有一次，一头受伤的大灰熊为躲避追猎者而逃进了一小片密丛，由于灌木过于浓密，猎人根本无法进去射杀它。那个猎人眼见无法将大灰熊赶到开阔地，便扯开嗓子疯狂地、震耳欲聋地吼叫了一声，那头大灰熊实在无法忍受那样的吼叫，便立即发出一声痛苦的咆哮，穿过密丛凶猛地冲向猎人。

大灰熊的耳朵超级过敏，刺耳的高声会给它的神经带来强烈而痛苦的冲击。但是，大灰熊经历了更高级的进化，它所忍受的痛苦可能比其他动物要强烈，所享受的乐趣也比其他动物都要充分。如果把一头大灰熊判决到一个喧闹的环境中，让它在噪音中结束自己的日子，那么对于它，城市中频频响起的冲撞声无疑是永无止境的刺激和折磨。到那时，它肯定很怀念荒野的安静！而且，由于它的嗅觉发达得让人惊奇，也许它还渴望乡野中弥漫着松香的空气，还有那紫罗兰（violet）散发的野性而浓烈的香味。

很多动物园的经验表明，让囚禁在笼子中的大灰熊屈服，跟人紧密接触，那么对于这种动物通常是残忍的行为，它们常常会因此而变得暴戾，而很多大灰熊也因此对人群产生焦虑，造成脑损伤、中风，最后过早地夭折了。于是，现代动物园建造了大灰熊圈，让大灰熊远离游客的诱骗，因此它就能拥有很多私密，而这种私密是所有大灰熊都需要的。也许，我们也经常认为体型庞大的大灰熊粗鄙、粗野，但它实际上是最高类型的动物，敏感、独立且离群索居。一般来说，状态正常的大灰熊脾气很好，性情欢乐，不会产生暴戾行为。

一头被置于新环境中跟人们接触的大灰熊，只会愉快地回应考虑周全的管理和恰当的喂食。只要你告诉我给一头大灰熊喂的食物是什么，以及是怎样喂的，那我就会告诉你那头大灰熊的状态如何——它的性情和健康状况是好是坏。大灰熊应该只由它的饲养员来喂养，假如人人都去喂食，那么大灰熊得到的食物就很可能是它不该吃的，而且它是以一种遭到骚扰的方式来接受食物的。对于大灰熊宠物，对于动物园的大灰熊，对于国家公园的大灰熊，喂食确实是一件需要我们认真考虑的大事。

1884年，我来到了科罗拉多，当时在这个州各处的群山中，大灰熊依然很常见。在一些崎岖不平的地区，人迹罕至，食物充足，因此有无数的大灰熊到处出没。在我的小木屋周围的朗斯峰地区，我很早就发现了5头大灰熊的足迹。由于它们失去了一两根爪子或者其他部位，就使得我能够确定它们的数量，其中的两头大灰熊就在附近漫游，我频频瞥见它们来来往往的身影。

有一年——我记得是在1893年的秋天，我越过捕猎者湖（Trapper's Lake）和朗斯峰之间的群山旅行。当时，纷飞的雪花覆盖了大部分地面。在这次历时8天的旅行中，我肯定看见了40~45头不同大灰熊留下的足迹——我在半天之内就看到了11头大灰熊的足迹。但总的来说，大灰熊的数量正在急剧下降，每年都有无数的猎人进入这个州进行狩猎，牧场主和定居者也为了取乐或者为了猎取大灰熊皮而狩猎，专业猎人则为了获得收入而狩猎。总而言之，面对人类的不断捕杀，大灰熊几乎没有逃生的机会，只有极少数残存了下来。

在人们开发和定居西部的过程中，大灰熊的生存空间受到了进一步挤压，致使它们不得不离开故土，背井离乡。当时，人们带着一群群牛羊而来，占有了大灰熊的食物，或者将大灰熊赶走，而大灰熊很少去杀戮入侵的牲口，为了生存，它们通常不得不更加辛苦地活动，沉着地接受事物。在人类挤压的情况下，很多大灰熊惨遭杀戮，而一些残存的大灰熊也被迫离开，前往别处去寻找家园。然而西部依然有很多荒野之地，那些地方还存有可供大灰熊生活的空间。

在黄石公园，大灰熊开始与人类接触

关于黄石地区这个公园成为野生动物保护区，有一个没有记录下来的奇妙故事。在此之前，大型猎物在这个地区长期遭到人们的捕猎。大灰熊，自从被发现以来，便遭到了无情的追逐，人们以每一种可以想象出来的办法日日夜夜地追踪它，丝毫没有怜悯，也没有收手的意思。然而，国家公园一建立，无情的射杀和不舍的追逐就突然停了下来，这具有划时代的意义。"这能意味着什么呢？"大灰熊肯定这样问过，肯定一遍又一遍这样问过。但是，它们很快就接受了这个事实，并将其当作一种有利条件，从山林中出来，跟人类和平相处。对于人类，这带来了一种很有价值的变化：自从射杀停止以来，成千上万的人看见了大灰熊的身影，在以前只有一个人看它的地方，现在有很多人欣赏到了它的身姿。

大灰熊轻而易举地成为国家公园中最普通的动物。实际上，它是这片大陆上最伟大的动物。大灰熊走动时，有一种尊严，一种举止仪态上的高贵，还有一种对全世界的漠然，从而让自己受到关注。有人对它悄然说话，它就停下来，伫立在后腿上，那富于表情的脸上露出孩子一般天真的热情和兴趣。在这样的时刻，它的姿态和回应最友善，始终会唤醒每一个看见它的人心中最美好的情感。

有人把以下这个关于大灰熊的有趣小插曲讲述给我：在黄石公园的西南角，正当很多男孩子在一条溪流中沐浴的时候，一头大灰熊幼仔偶然来到了现场，它伫立了片刻，观看男孩们在水中玩闹，便悄悄溜到溪畔的一些树木后面。当男孩们接近这个地点，它便发出一阵野性的"呜呜"声跳进水里，落到男孩们中间，这样的行为自然引发了极大的刺激和欢乐，而这显然正是那只幼大灰熊所希望看到的，因为当它匆匆游走之际，它还十分满足地侧首回顾。

还有一个有趣的小插曲也发生在黄石公园。当一辆公共马车抵达峡谷旅馆（Canyon Hotel）的时候，其中一位乘客喋喋不休地说起大灰熊，还穿上雨衣，四肢匍匐趴在地上，继续模仿大灰熊的样子。而就在他这样表演的时候，一头大灰熊不期而至，迅速冲向那个人，把他追赶到了一棵树上，引来了大家的一阵兴奋的笑声。那头大灰熊无意伤害任何人，它显然只想玩闹一下，并把这种玩闹当成了享受。

1891年6月的一天，一头母大灰熊在黄石公园为它的几个孩子捕捉鳟鱼，我和一个朋友来到了现场，便凑过去观察它们，那头母大灰熊看到我们靠近，便朝我们发起冲击，我们立马就逃开了，而它跳跃了一下之后便停了下来，并没有追过来，而是静静地伫立着，仿佛在对我们咧嘴而笑。我们走回去，它又发起冲击，尽管它在第一次跳跃之后便收住了脚步，但我们还是跑开了。它嗥叫了一声，却没有继续朝我们靠近。但如果我们是在公园边界之外，那么我也不会冒险去靠得那么近。

不过，黄石公园中的大灰熊也有烦恼。有一天，我看见一头大灰熊似乎遭受了头痛的折磨。不久前，它吃下了一大堆垃圾，这可能是它第一次吃垃圾。只见它站了起来，先用一只前爪摸摸自己的脑袋，又用另一只前爪摸摸脑袋，接着就躺了下来，竭力用两只前爪紧紧地抱着脑袋。当我最后一次看见它，它还把脑袋沉浸到小溪里面，正试图用爪子去揉呢。在另一个场合，我注意到一头大灰熊遭受了牙痛的折磨，它摸了摸那颗病牙，用爪子去抓扒，以各种不同的方式表现自己的烦恼。

因为吃垃圾，一些大灰熊性情败坏

在黄石公园变成野生动物保护地的时候，大灰熊面临的环境立即发生了急剧的变化。无数大灰熊种群发现置身于公园便不会遭到射杀，因此马上开始到处靠近人们漫游，它们不仅大胆地现身，而且还表现出最佳的礼节礼貌。公园里，没有人们的逗弄，也就没有大灰熊的暴戾，没有大灰熊的凶猛。人与大灰熊和睦相处，这种理想的关系完美地持续了多年。

每年夏天，无数的大灰熊都要从远在公园边界线外面的地方迁入公园，在这里度过两三个月，在秋天再回到自己的家园；其他一些大灰熊则离开它们在公园外面的家，来到公园里面栖息。夏天迁移而来的大灰熊，还有最近成为定居者的大灰熊，究竟是为了食物还是为了安全，抑或是为了这两者而来，很难说清楚。如此一来，那些来到公园的游客就有了难得的机会，可以近距离去研究和观察大灰熊了，这对游客本身也产生了有益的影响。但是，经过一段时间之后，他们对大灰熊的骚扰被证明是有害的。

那些大灰熊被轻率地背叛了。原来，不断增加的游客产生了大量垃圾，人们来到垃圾堆边观看大灰熊进食，还时常逗弄它们，因此那些大灰熊就变得暴戾起来。有时候，聚集在一起进食的大灰熊会相互大打出手，争夺这场臭气熏天的盛宴。这些垃圾堆形同施舍物，导致它们渐渐养成了坏习惯，扰乱了它们的消化能力，毁掉了它们的性情。不仅如此，它们对垃圾的胃口有增无减，一直到它们依靠垃圾为生，且沉醉于垃圾食物的地步。就像有些人一样，它们喜欢成为这样的依靠者，而且坚持要得到这种供给。因此，如果没有足够的垃圾，它们就会袭击营地和旅馆，如果有人阻止它们的袭击，那么它们就会怒气冲冲，到时候，一些消化最不良的大灰熊就变成了大胆而又挑衅的袭击者。

千万人游览黄石公园，对于他们，观熊应该是一种放松身心的方式，能给他们提供新的兴趣点和愉快的经历。然而，那些大灰熊正变得不健康，威胁着人们，因此，时而有某个官员试图解决那些大灰熊所带来的麻烦，于是他们把一些性情变坏的大灰熊套住，捆绑起来鞭打，偶尔还会有一头大灰熊遭到射杀。不仅如此，还有一些人鼓吹公园向导和官员应该携带枪支，而另外一些人则正在鼓吹消灭大灰熊。但是，我们需要大灰熊，而人们提出的大多数解决方法都是馊主意，比大灰熊本身带来的麻烦还要糟糕。但是，有一种预防方式很有效，那就是清除垃圾堆。

冰川国家公园仅仅从1910年才成为野生动物保护区，但在这个公园中，大灰熊尚未被垃圾搅扰得性情败坏。而在黄石公园，大灰熊的状况已经很严重，甚至可以说需要立即解决，刻不容缓，而这里存在的问题势必会逐渐影响到其他公园，因此，让大灰熊性情败坏的因素很可能正在进一步扩大，而不是缩小。那么，在黄石公园，这种连续以垃圾为食的情况会产生极大的隐患，不久便可能在大灰熊中间引发一场瘟疫，或者影响大灰熊幼仔的出生数量。那里的整个情况，似乎被包括在我此前说过的事情之中——大灰熊吃什么食物和怎样进食。

离开垃圾堆，大灰熊就会恢复常态

在黄石公园，大灰熊丧失了它所有古老的本能。在垃圾堆周围，它很懒散、暴戾，等待人们施舍。但是，一旦离开垃圾堆，尤其是在公园外面漫游的时候，同一头大灰熊就如同往常一样机警而活跃，积极谋生，密切注意自己的安全。它们在垃圾堆附近很温顺，但只要离开垃圾堆一小段距离，便会恢复野性。在垃圾堆附近，它们相对容易被钢夹夹住，落入陷阱，而在公园外面，同一头大灰熊特别机警，会避开走到陷阱附近。威廉·H·赖特在《大灰熊》一书中这样说道：

"总而言之，相比今天的大灰熊——比如塞尔扣克山（the Selkirks）的大灰熊，我不曾发现黄石公园的大灰熊在任何程度上更温顺，或者更不那么狡黠。真的，很多大灰熊来到垃圾堆进食，但就是这些大灰熊，只要走出四五十米回到树林中，它们就重新像在野外那样野性。在峡谷里面，垃圾堆位于一个洼地，在一个相当陡峭的斜坡脚下，而那个陡坡则通往上面的林边。一条条小径朝着这个地点汇集而来，而一头接一头的大灰熊便沿着这些小径下来，在到达这个斜坡边缘时会停下，朝下面扫视，把脑袋从一边转向另一边，接着从山上冲下去，流露出一副把自己托付给一种外来因素的神态，而那种神态，就像是一个人从跳水板上跳下去之际向上扫视、做深呼吸一样。它们回来的时候，总是在山顶上停留几秒钟，四处张望，偶尔还会抖抖身子，才迈步踏上那条熟悉的小径，恢复了它们习惯性的注意力和每一种机警的征兆。而在垃圾堆上面，它们似乎很少注意那些聚集在相当远的铁丝网后面观望的人，但即使在那里，一只熟悉它们行为的眼睛也记录下了它们在不断观察正在发生的事情，以及它们匆匆进食的方式，并且，在距离附近的森林边缘15米之处，它们至少会嗅、聆听、观察，就像在最遥远的山冈上那样无法自制地跑掉。今天，在公园周围，大灰熊也不那么丰富了，数量还不如25年前的苦根山（the Bitter Roots），并且在距离垃圾堆大约90米之处，它们并没有什么不同。"

幼大灰熊显然没有继承对陷阱的畏惧,因为它们很容易落入陷阱。被捕获的幼大灰熊有时会展示出它们继承的本能,可能一闻到以前从未闻过的食物气味便激动起来,有时会挖掘一条根——那种根是它们的父母吃过的,但它们自己从未见过。在这样挖掘的例子中,它们既可以根据嗅觉在准确的地方挖掘,也可以从它们继承的对那种地方的记忆来挖掘。在那样的地面上,并没有什么特别的东西指明下面埋藏着它们所需的根。

大多数动物的幼仔,无论是驯养的还是野生的,都可以成为充满趣味的宠物。但在我所了解的所有宠物中,在活力、机警和个性等诸多方面,其他动物幼仔都无法跟大灰熊幼仔媲美。大灰熊幼仔天生喜欢新的、不同寻常的环境,能迅速学习,从最初的尝试中去了解自己周边的一切。它的感官和本能那样无所不知,以至于任何靠近的新东西都会立即吸引它的注意,它会停下嬉戏,满怀罕见的好奇心,专心致志地尝试去理解。如果它理解了那种神秘的事物,那么它就立即在先前停止嬉戏的地方重新开始嬉戏。

为适应新环境,大灰熊重新调整自己

《西尔维斯特宝贝》(*Baby Sylvester*)是布雷特·哈特(Bret Harte)创作的一个著名的大灰熊故事,行文很有特征,充满幽默,描述了一头处于新环境中的大灰熊。在不断改变的、不那么严苛

的环境下，这头小大灰熊丝毫没有丧失自己原来的活力、机警和多才多艺，它应对每一种情况的方式，都让人不断产生惊奇和愉快。

如果温和地对待宠物幼大灰熊，那么它们就会迅速接受，充分利用新环境，变得亲密而可爱，实际上在此方面它们显得最为强烈。如果善待幼大灰熊，那么它愿意去做任何合理的事情，任何它所理解的、你想要它去做的事情。但是，如果鞭打或责骂它，它就会立即变得固执而勉强、冷漠而暴戾。大灰熊是一种高级动物，要把它开发到最佳程度，就需要给予它精细、严肃的尊重。

当大灰熊跟人类发生联系，它真正的个性便很突出。它始终忠实于自己。狗会舔舐一个残忍的主人的手，或者奉承一个最不值得追随的主人，而大灰熊却并非如此，它不会卑躬屈膝，只有始终如一地公正的人才能赢得它的忠诚，或者留住它的友谊，它具有个性和自尊，不愿意侍奉暴君，甚至不会向暴君低头鞠躬。狗会戴着帽子，咬住烟斗，以傻傻的姿态端坐，还玩弄种种诡计——干出这些事情去取悦主人，而大灰熊只有在被迫的时候才会这样做。大灰熊始终忠诚于一个值得的主人，你怎么对待它，它就怎么对待你。我在这本书的其他地方讲到了一些故事，那些故事就表明了如果我们聪明地对待大灰熊，这种性格高傲的动物就极可能成为人类的伴侣。

在华盛顿东部，"大灰熊"·亚当斯捕获了一头一岁大的大灰熊，并将其取名为"华盛顿女士"。他并没对它进行什么训练，但一直心怀体谅和善意去对待它，而那头大灰熊也时常跟随他踏上漫长的旅途，翻越崇山峻岭，从一个州前往另一个州，沿途风餐露宿，一次次狩猎。对于这些经历，亚当斯这样说道：

"它始终都跟我在一起，常常分担我的危险和艰辛，为我驮运行李，跟我一起吃饭。读者可能惊讶地听说我有这样一个大灰熊同伴和朋友，但对于我，'华盛顿女士'既是同伴也是朋友。我在群山中的霜天下紧靠在它和篝火之间，让身体两侧都能取暖，对于这些文字叙述，读者可能几乎不会相信，但这一切都是真的。"

理解新情况的能力，让自己重新进行适应性调整的能力，是开放和思考的大脑做出的反应。个体的食物、宗教、政治和个人习惯改变起来很缓慢而且很艰难，进步常常被旧习惯阻止——这就是我们这个种族形成适应新环境的新习惯的无能之举。很多灭绝的动物物种之所以会消亡，就是因为过于专业化了，缺乏调整和适应性。就在我即将踏上前往欧洲的旅途之前，"把你的偏见留在家里"是我接受的最佳忠告，因为偏见及其精神状态具有束缚性和延迟性，大灰熊不允许陈旧的偏见来阻止它探索新信息，它始终在自己的环境中为新事物做好了准备。

在一两代人之内，大灰熊就变成了躲避追逐者的专家，在隐藏行踪方面，在击败追踪者和逃生方面，它都堪与狐狸媲美。自从它迫不得已与白人和连发步枪发生接触以来，它无疑就逐渐进化出了这种特性。以前，这个荒野的合法君主满怀优越感，自由自在地到处漫游，漠不关心自己要去什么地方或自己是否被人看见，然而现在时过境迁，它很聪明，足以让自己进行重新调整，以适应人类带来的进化性和革命性的力量。这个荒野之王通过退却而残存了下来,成为策略大师,而本能几乎没有解释这种迅速的进化。重新调整——避开人类,并不表明它怯懦,却表明了它的智力。在生存之战中,在变化、严苛的环境中,大灰熊成功地再生。

第 14 章 大灰熊种群的故事

Description, History, and Classification

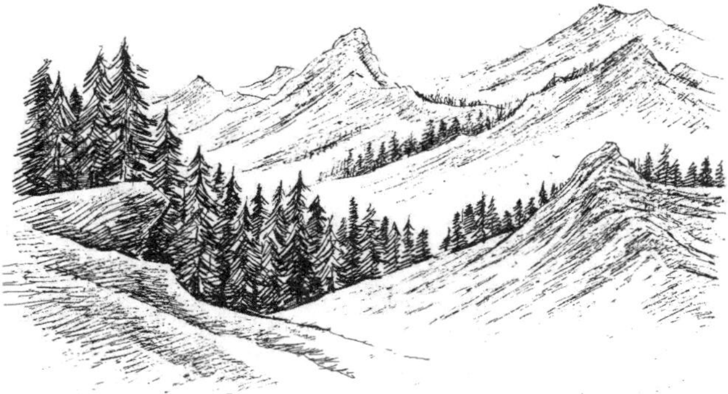

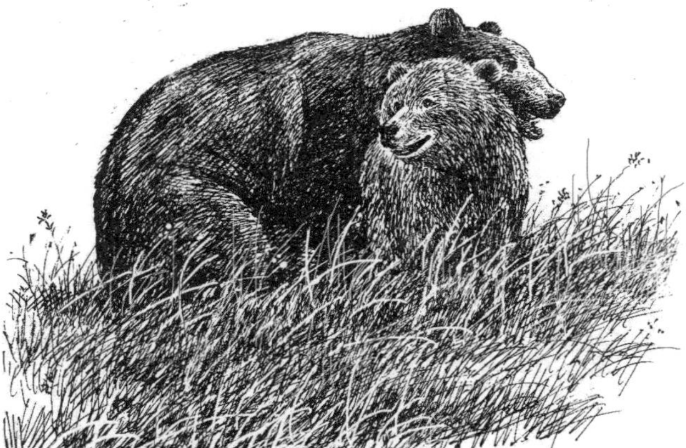

大灰熊来自亚洲，它们通过大陆桥迁徙到了北美洲，然后不断进化、发展，并逐渐开枝散叶，形成了多个种类和亚种，主要分布在北美洲的西部，从阿拉斯加一直延伸到墨西哥。大灰熊的颜色各不相同，但与种类无关——即便是同一窝大灰熊的颜色也会相去甚远；它们的体重可达数百公斤，看起来笨重，实则行动迅速、灵巧。相比黑熊的爪子用来爬树，大灰熊的爪子多半用来挖掘，而且，它留下的脚印很大，但大脚印并不一定意味着身材魁梧的大灰熊。大灰熊还拥有很多其他名字：银尖大灰熊、白大灰熊、光面大灰熊、肉桂大灰熊、弓背大灰熊、山脉大灰熊……博物学家乔治·奥尔德于1815年率先给它分类，尽管一些种类目前已得到承认，但尚有许多疑问需要进一步求证、解答……

大灰熊来自亚洲，进化于北美洲西部

大灰熊类动物似乎起源于老世界①（Old World）。已经发现的化石证明，它们在很久以前就存在于亚洲。也许在100多万年前，最初迁徙而来的大灰熊在阿拉斯加登陆，它们可能是通过当时连接着亚洲和美洲的一座大陆桥（land bridge）而过来的。

"在老世界，大灰熊最初在上中新统（Upper Miocene）变得显著起来，追溯到那些无疑是早期的狗派生出来的形态。"威廉·B·斯科特（William B. Scott）先生在《西半球陆地哺乳动物史》（*A History of Land Mammals in the Western Hemisphere*）一书中如是说。

让人饶有兴趣的是，大灰熊、狗和海豹拥有一个共同的祖先，因此，海豹还被称为"海大灰熊"（sea bear）。每一年，大灰熊都要不吃不喝地生活一个漫长的周期，在这个周期里，它蛰伏着。

海豹生活的时候，也拥有不吃不喝的习性，而且还会沉睡几周。大灰熊和狗在很多方面也有相似之处：两者都乐意接受人类驯养，在跟人类的联系中，两者都显得忠诚而亲密；在嬉戏中，它们的很多方式也很相似，都拥有这样一种习性：偶尔，它们在自己的活动范围内会变得焦躁不安，因此踏上漫漫的旅程，外出去冒险。

在北美，大灰熊经过不断进化，最终开枝散叶，逐渐扩展成了众多种类，得到了最大程度上的进化。大灰熊在南美也许只有一个小型种类，在非洲只有一个种类，而欧洲和亚洲合起来，据证实拥有8个种类。

大灰熊分布在北美洲西部，从阿拉斯加北部一路延伸到南方的墨西哥境内。更普遍地来说，它的家园位于群山之中，但在加拿大的荒地，在上密苏里（Upper Missouri）的不毛之地，在大平原的西部边缘，也能发现它的身影。在阿拉斯加和西北海岸的一些荒岛上，它的体形硕大得不同寻常，而且还形成了无数个种群。

在阿拉斯加，不同种类的大灰熊的心理历程和习性的相似性，已经有很多人进行过评论。查尔斯·谢尔登（Charles Sheldon）先生，这位猎人出身的科学家，就曾经这样说道：

"阿拉斯加湿润的沿海地区的大棕熊，以及干燥的内陆地区的大灰熊，在本性、行为、外貌和习性上都普遍相似，没有什么比这种相似性更为显著的了。沿海和内陆的几种大灰熊，在体型、骨骼、颜色和爪子方面或多或少有所不同，在意识到所有的大灰熊都源自同一个祖先的情况下，人们可以在它们的自然栖息地去观察它们。"

我见到的北极大灰熊很少让我想到它跟大灰熊会有联系。有趣的是，北极大灰熊的外衣始终如一地洁白，而大灰熊的外衣则颜色各异。

大灰熊分散在一个形形色色的辽阔范围之中，靠形形色色的食物为生，被划分成了众多种类和亚种，尽管如此，它的性格都始终如一，不管生活在哪里都是百分之百的大灰熊。在不同的种类中，相异的要点是颅骨的形状和牙齿的特征。在这些活跃的动物中，很少有明显的差异，分类主要是根据牙齿和颅骨的构造来决定的。

大灰熊的颜色和体型

其实，颜色对于种类并无什么提示。即便是在同一个种类中，甚至在同一窝幼大灰熊中，颜色也会有所变化，各不相同，使得它们看上去就像广泛分布于不同地区的不同种类。把很多代表各个不同种类和亚种的大灰熊聚集在一起，它们呈现的不同外衣常常会让人迷惑，没有哪两头大灰熊会完全相同。尽管如此，正如我所说过的那样，无论它们的外衣是什么颜色，无论它们生活在何处，这种大灰熊的特性都始终相同。无论你在哪里看见一头大灰熊，无论是在阿拉斯加的冰川上行走，还是在墨西哥的沙漠中漫步，还是在哥伦比亚河里捕鱼，它都像同一个老熟人，就像那每年春天都要归来的蓝鸲（bluebird）。

这个物种的颜色贯穿棕色，但其中有多种色度，奶油色、茶色、鼠灰色、肉桂色和金黄色……大灰熊的皮毛有的是黑色或几乎是白色，但以灰色和棕色的色度为主。很少能看见大灰熊拥有超过一种颜色的外衣。这种颜色的变化导致了人们对这个物种认识的混乱，但在美国边界之内，实际上只有两种大灰熊：黑熊和大灰熊，尽管博物学家根据其牙齿和头骨的排列和形态而把这两种大灰熊划分成了很多个种类和亚种，但它们实实在在就是黑熊和大灰熊，而肉桂色和棕色则是大灰熊和黑熊共同的颜色。

大灰熊的皮毛像任何动物的皮毛一样，由精细而浓密的毛衬里和从那上面突出来的粗糙的、长长的毛发构成。内层皮毛可能是任何颜色，但我认为，穿过它而突出来的毛发始终是黑色，尖端为银白色。在大灰熊的侧腹和肩头上，毛发通常都很长、蓬松。

大灰熊身长 1.8~2.1 米，前面的轮廓向外突出，后面尽管很圆满，却很沉重，肩头也很高。跟黑熊相比，大灰熊的身体更长，背脊线更直，腰腿上的肉峰更少；相比黑熊，大灰熊的脑袋更窄，双颌及鼻子更长，没有那么钝。

大灰熊看起来始终比它真实的体型要大。其平均体重在 160~270 公斤之间，雄性的体重要比雌性重四分之一，极少数大灰熊的体重超过了 320 公斤，但我们也知道，一些异常特殊的标本可重达 450 公斤。亚当斯就曾经提供了一头加利福尼亚的大灰熊"参孙"（Samson）的体重：680 公斤，而一些阿拉斯加大灰熊，从其留下的大灰熊皮来判断，可能比"参孙"还要重。这可能是因为在多年以前人类对它们的捕猎活动并不那么密集，因此那时的大灰熊活得更长寿，其成长的体型比它今天所能达到的体型更大。

大灰熊看起来能干而结实，它魁伟的身形让人想起力量而不是体积。它的后背很宽阔而又圆满，四足在身体下面紧靠在一起，因此它给人的第一眼似乎是有些头重脚轻。然而，就在它的运动展现出灵巧、平衡自如的那一瞬，你就会忘掉这种印象。它可以毫不费力地伫立在后腿上，完全优美地伸直身子，如雕像一般静静地伫立。

大灰熊的很多动作看起来尴尬而笨拙，但其实，它可以随意行动，尽管有时相当笨重——它经常会拖拽着脚步前行，仿佛每只脚上都穿着一只硕大而宽松的木鞋，通常以一种既不是步行也不是小跑的步态前行。然而，这种大灰熊的行动特别迅速，极少有马能赶上它，而且它在活动中的耐力也令人震惊。

大灰熊拥有超凡的力气。我知道它能拖拽一头体型比它大两倍的母牛或阉割过的公牛的尸体。在一些例子中，它还会拖着这样的牲口尸体越过倒下的木头，爬上山腰，然而它拖动时显然没有特别费力。

大灰熊和黑熊的不同之处

大灰熊的爪子特别专业而敏捷。它能用两只前爪像大锤一样击打，或者举起重物。它能以闪电般的速度进行拳击或拍击。大多数大灰熊都是右撇子，也就是说，在日常活动中，它的右前爪得到了最广泛的使用。如果需要触及或移动一件小东西，它会仅仅优美地伸出一根爪子，而黑熊则会伸出全部爪子。

大灰熊留下的前爪印比后脚印要短得多。它的后脚印，类似于人类留下的那种赤脚印，而它的前脚印则显现出它走到了它的脚前面的样子——留下脚掌和脚趾印，脚后跟则抬起。前爪约为5~13厘米长，后爪则要短得多。

大灰熊的前脚踝比黑熊的前脚踝要小，后脚相对要大一些，爪子要长得多，也不那么弯曲。大灰熊的爪子并不像黑熊的爪子那样向下弯曲，其爪尖却较长，远远地延展过了脚趾末端。黑熊弯曲的爪子多半用于爬树，而大灰熊的爪子则多半用于挖掘。

我测量过的最大的大灰熊足印，长度稍稍超过了33厘米，最宽点约为19厘米。这些测量数据并不包括爪印。这种大灰熊在雪地或泥泞之地上滑过的一些地方，带着爪印的足迹看起来最令人生畏。很多身材硕大的阿拉斯加大灰熊都长着大脚，有时会留下长约45厘米的足印。尽管如此，在落基山中，我看过一头体型相对较小的大灰熊却留下了大足印。我不止一次看见过体重不及180公斤的大灰熊的脚大于那些体重在270公斤以上的大灰熊的脚。因此，大灰熊留下的大足印，并不一定就表明那是身材硕大的大灰熊留下的。

黑熊与大灰熊的普通生活方式有明显的不同。大灰熊精力旺盛、考虑周全，努力劳动，相当严肃、认真地对待生活，而黑熊为在多年以前人类对它们的捕猎活动并不那么密集，因此那时的大灰熊活得更长寿，其成长的体型比它今天所能达到的体型更大。

大灰熊看起来能干而结实，它魁伟的身形让人想起力量而不是体积。它的后背很宽阔而又圆满，四足在身体下面紧靠在一起，因此它给人的第一眼似乎是有些头重脚轻。然而，就在它的运动展现出灵巧、平衡自如的那一瞬，你就会忘掉这种印象。它可以毫不费力地伫立在后腿上，完全优美地伸直身子，如雕像一般静静地伫立。

大灰熊的很多动作看起来尴尬而笨拙，但其实，它可以随意行动，尽管有时相当笨重——它经常会拖拽着脚步前行，仿佛每只脚上都穿着一只硕大而宽松的木鞋，通常以一种既不是步行也不是小跑的步态前行。然而，这种大灰熊的行动特别迅速，极少有马能赶上它，而且它在活动中的耐力也令人震惊。

大灰熊拥有超凡的力气。我知道它能拖拽一头体型比它大两倍的母牛或阉割过的公牛的尸体。在一些例子中，它还会拖着这样的牲口尸体越过倒下的木头，爬上山腰，然而它拖动时显然没有特别费力。

大灰熊和黑熊的不同之处

大灰熊的爪子特别专业而敏捷。它能用两只前爪像大锤一样击打，或者举起重物。它能以闪电般的速度进行拳击或拍击。大多数大灰熊都是右撇子,也就是说,在日常活动中,它的右前爪得到了最广泛的使用。如果需要触及或移动一件小东西,它会仅仅优美地伸出一根爪子,而黑熊则会伸出全部爪子。

大灰熊留下的前爪印比后脚印要短得多。它的后脚印,类似于人类留下的那种赤脚印,而它的前脚印则显现出它走到了它的脚前面的样子——留下脚掌和脚趾印,脚后跟则抬起。前爪约为5~13厘米长,后爪则要短得多。

大灰熊的前脚踝比黑熊的前脚踝要小,后脚相对要大一些,爪子要长得多,也不那么弯曲。大灰熊的爪子并不像黑熊的爪子那样向下弯曲,其爪尖却较长,远远地延展过了脚趾末端。黑熊弯曲的爪子多半用于爬树,而大灰熊的爪子则多半用于挖掘。

我测量过的最大的大灰熊足印,长度稍稍超过了33厘米,最宽点约为19厘米。这些测量数据并不包括爪印。这种大灰熊在雪地或泥泞之地上滑过的一些地方,带着爪印的足迹看起来最令人生畏。很多身材硕大的阿拉斯加大灰熊都长着大脚,有时会留下长约45厘米的足印。尽管如此,在落基山中,我看过一头体型相对较小的大灰熊却留下了大足印。我不止一次看见过体重不及180公斤的大灰熊的脚大于那些体重在270公斤以上的大灰熊的脚。因此,大灰熊留下的大足印,并不一定就表明那是身材硕大的大灰熊留下的。

黑熊与大灰熊的普通生活方式有明显的不同。大灰熊精力旺盛、考虑周全,努力劳动,相当严肃、认真地对待生活,而黑熊则懒散、粗心，每天只干自己必须去干的事情，而且更加贪玩；大灰熊的冬眠之所通常是牢固的、完整的洞穴，而黑熊的冬眠之所，或多或少是那种临时凑合的容身之地；黑熊喜欢跟同伴嬉戏，而大灰熊则喜欢独自嬉戏；黑熊轻而易举地爬树，常常在树端睡觉，而大灰熊则在度过童年之后就很少爬树。

大灰熊多半时间是沉默的。当它要说什么的时候，那种声音是一种古怪而富于表达性的语言。它发出一种不连贯的咳嗽似的咀嚼声，它发出"呜呜"的声音，重音各不相同。它流畅地嗥叫，发出呼噜声，发出鼻息声……幼熊发出类似"欧哇哇"的声音，当处于无助的时候，还会发出一种我无法描述的动人的叫喊。

对于野生大灰熊的交配习性，我们还知之甚少，但大多数权威人士认为交配发生在 6 月和 7 月，而另一些人则认为交配发生在秋天。而我少数几次看见雄性和雌性大灰熊在一起的时候，是在 6 月底和 7 月。

尽管人们了解大灰熊的时间刚刚超过一个世纪，它却成为一代又一代印第安人生活的一部分和传奇。印第安人常常害怕它、赞美它，一次又一次描绘它的智力和臂力，它始终被认为是荒野的领袖和主人。

学界对大灰熊的认识与分类

大灰熊拥有很多名字：大灰熊、银尖大灰熊、白大灰熊、光面大灰熊、肉桂大灰熊、弓背大灰熊、山脉大灰熊以及其他。

我了解到，最初以印刷文字形式提到大灰熊的人是爱德华·翁弗雷维尔，在1790年，他在写到哈得孙湾（Hudson's Bay）的时候提到了"大灰熊"。1795年，亚历山大·麦肯齐爵士也写到了"大灰熊"。但是，在1805年4月，刘易斯和克拉克在日记中提到大灰熊并称之为"白大灰熊"的时候，它才在历史上被赋予了一个明确的地位。他们的记录很多都被公开，而在1814年5月4日，这种大灰熊的生涯始于德威特·克林顿州长面对纽约市文学与哲学协会的一场演说。

正如《格思里地理》（Guthrie's Geography）所显示的那样，博物学家乔治·奥尔德（George Ord）在1815年描述并率先把大灰熊分类为"Ursus horribilis"。这样的描述和分类来自布莱肯里奇所收集的信息，而那些信息主要源于刘易斯和克拉克的日记，基于蒙大拿东北部白杨河（Poplar River）口上面的密苏里河的模式标本产地的"白大灰熊"。

C·哈特·梅里亚姆（C. Hart Merriam）博士是大灰熊类动物的最高权威。下面我列出他对大灰熊和大棕熊的分类，并加上了一些他在《北美动物志》第41期（1918年）导论的摘录：

  对北美大灰熊和大棕熊的评论（Genus Ursus）

附上对一个新的大灰熊种类的描述

"当奥杜邦和巴赫曼（Bachman）发表他们对于北美哺乳动物（1846-1854）的伟大之作的时候，实际上是1857年，博物学家、猎人和公众还普遍认为只有一个种类的大灰熊——这种大灰熊就是刘易斯和克拉克在1804~1805年所描述过的，1815年被奥尔德命名为'Ursus horribilis'。1857年，拜尔德（Baird）又描述了另一个种类，那个种类来自新墨西哥的科珀曼斯（Coppermines），他将其命名为'Ursus horriaeus'。"

"几乎在40年后，在我的《美国大灰熊类的初步梗概》（*Preliminary Synopsis of the American Bears*）中，8种大灰熊和一种大棕熊得到了承认，其中5种被描述为新种类。那时，令人毫不怀疑的是要发现剩下来的种类数量，那会证明是如此伟大的创举。标本稳定地汇集而来，是由生物调查机构的努力工作所获得的，还有许多猎人出身的博物学家的个人努力也为此进行了补充，让很多令人惊奇的事物大白于天下。其大多数都得到了发表，而从1910年春开始，我可以支配一笔基金了，这就使得我可以向猎人和设置陷阱的捕猎者提供足够的资金，作为刺激、鼓励他们投身于获取所需的标本。结果，国家收藏的大灰熊类稳步增长，到如今，远远超过世界上所有其他收藏品的总和，这一点体现在很多展示的种类中、在系列的体系中、在很多类型的标本中。"

"尽管如此，系列中仍有很多间隙和缺口。对于大灰熊的认识还不完整，要给这个主题写上最后一句话，还需要耗费多年的时间。很多如今漫游荒野的大灰熊将不得不被射杀，它们的颅骨和皮毛被送到博物馆，这样才会完全弄清楚它们的个性和变种，才会有可能描绘出它们的生活范围的准确区间。那些具有捕猎大型动物手段和雄心的人可能会确信，在不列颠哥伦比亚、育空地区（Yukon Territory）和阿拉斯加的很多区域，依然能够常常见到大灰熊的身影，他们还确信，要解决依然存疑的问题，不得不需要很多额外的材料……"

"某些作家提出了一种观点，那就是大灰熊的不同种类会随意杂交。就让那些如此介意此事的人问自己这样一个问题吧：如果发生随意杂交的话，那么物种会变得怎样呢？理所当然的是，物种的稳定性依赖于极少与其他物种杂交，因为如果杂交频繁发生的话，那么如此杂交的物种当然就会停止存在，融入了一个普通的杂种。杂种时有发生，尤其是在动物园里面，然而在时常出没于自己荒野家园的野生动物中间，杂种特别罕见。"

"这里给出的种类数量，对于很多人来说似乎很荒谬可笑。对于所有这样的人，我会发出诚挚的邀请，请他们前去参观一下国家博物馆，亲眼看看大灰熊的颅骨所展现的东西。承认种类是一件复杂的事情。如果材料足够恰当，那么观点的差异就几乎没有存在的空间，如果不恰当，那么很多重要节点都必须存疑。博物学家的职业既不是去创造也不是去抑制种类，而是尽力去确定造物主创造了多少种类，以及发现这一点，去指出它们的特征，尽可能了解它们。"

"对于美国大灰熊类的批评性研究，未曾寻求的结果之一便是发现这些大灰熊，被分成了很多形式，就像耗子和其他小型哺乳动物，在一些案例中，它们的范围有所重叠，因此在同一个地区可以发现两三个种类。"

"还有一令人惊奇的结果，那就是发现阿拉斯加西南部的司令岛（Admiralty Island）上，似乎有不少于5个明显的种类栖居，而每一种显然都联系着并代表着邻近的大陆上的一个种类……"

性别差异

"在大多数种类中，雄性比雌性的体型要大得多。在一些种类中，这种体型差异非常显著，就像在科迪亚克岛（Kodiak Island）上的'middendorffi'和加利福尼亚南部的'magister'一样。在一些案例中，这种差异并不大，就像在阿拉斯加半岛（Alaska Peninsula）的'kidderi'一样。"

年龄差异

"大灰熊的颅骨从早期到老年经历了一系列变化，在大多数种类中，我们并没有获得它们从7岁或7岁以上的成熟形态。在那些前盔得到了大大提高的种类中，比如在'middendorffi''kluane''stikeenensis'和'mirabilis'等种类中，前盔到达了它们在早期成年生活（大约6岁）最大的拱起度和凸出度，过了这个时期，它们渐渐变得扁平……"

大灰熊和大棕熊的分类

"根据如今现成的材料，以前假定存在于大灰熊和大棕熊之间的差异，似乎把一些种群区别于某些种群，而不是把大灰熊集体区别于大棕熊集体。换句话说，大灰熊和大棕熊之间的差异，并不像人们曾经认为的那么大，也并不那么持续不变。在目前的知识状态下，有一些无法被肯定地适用于这两个群体的种类。实际上，至少很可能的情况是，某些似乎属于大灰熊的种类与某些其他明显属于大棕熊的种类息息相关。在颜色、爪子、颅骨和牙齿等特性上，典型的大棕熊与典型的大灰熊有所区别。前者的颜色更为统一，由于尖端颜色的毛发的混合，因而表面的灰白色较少，爪子也要短一些，更为弯曲、颜色更深，布满皮屑，因而并不那么光滑，颅骨也要厚重一些，第四颗下前臼齿为圆锥形，缺乏真正的大灰熊的那种有沟槽的脚后跟。但是，这些是普通的差异，其中没有一处适用于整个群体。博物馆中的大多数标本仅仅由颅骨构成，并没有皮毛或爪子，对于外部特征，这就留下了疑问，在成年的大灰熊当中，重要的第四颗下前臼齿很可能被磨损得很厉害，因此无法辨清它原来的形状。而且最糟糕的是，一些大灰熊缺乏类型清晰的前臼齿，仅仅留下颅骨来指向它们的类同性。因此，我们必须认为目前的分类是试验性的,而且必须进行修正……"

"目前这篇论文,仅仅是对美国大灰熊和大棕熊认识的现今状态的回顾,既没有包括北极大灰熊,也没有包括黑熊。我并不打算将这篇论文作为专题论文,旨在提供一个种类名单,再加上对成年大灰熊——主要是雄性的颅骨的描述和比较。至于外部特征,则几乎没怎么涉及,因为鲜有人了解外部特征,可供现在研究之用的,只有一些带着爪子的皮毛。"

---

①泛指欧亚大陆。

第 15 章 保护大灰熊

Will the Grizzly be Exterminated?

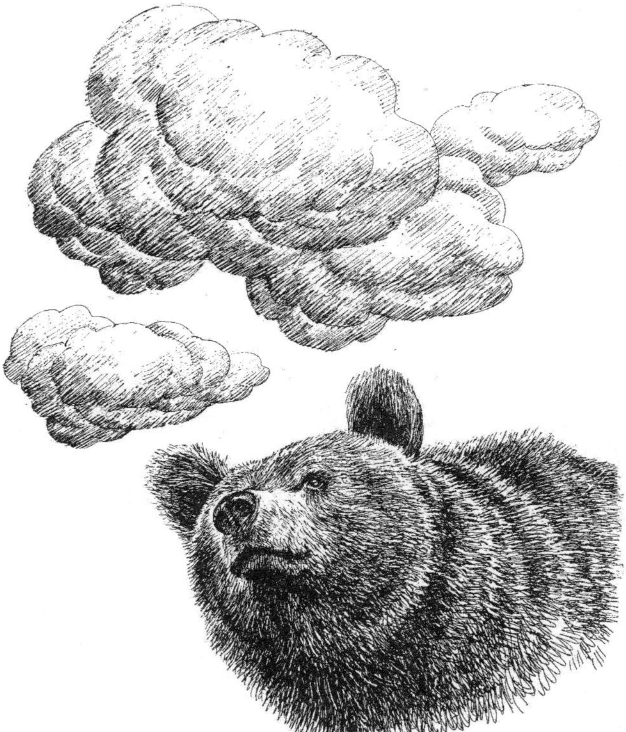

由于长期遭到猎人的追杀，大灰熊的数量日渐稀少，因此需要我们从法律层面上予以种种有效的保护——这种动物跟某些鸟儿一样，是害虫害兽的毁灭者，对于人类颇有经济价值。有些人猎杀大灰熊，完全是因为误解——他们误以为大灰熊捕杀了自己的牲口，但实际上，大灰熊只是受害者。我们要做的事情，就是让大灰熊延续下去，把它们留给我们的子孙后代。如果没有大灰熊，荒野便会枯燥无趣，因此我们需要保护大灰熊，需要实行为期数年的禁猎期，唯有这样，大灰熊的数量才会逐渐增长起来，重新出现在它们已消失的地方，激发人们对荒野和这种荒野之王的无限遐想。

大灰熊是害虫害兽的毁灭者

大灰熊正在如此迅速地消失，因此，如果没有保护措施，这种动物很可能会灭绝。如果有一个好理由——也的确有好理由——去保护鹿、麋鹿和大角羊等动物，那么我们也应该有一个理由去保护大灰熊。大灰熊是害虫害兽的毁灭者，有助于维持狩猎产业，鼓励个人前往户外，接受精神上的放松和有益健康的身体锻炼，还具有比任何其他动物更受人欢迎和更能持久的"交友"兴趣，而且，在大多数方面，它是世界上最伟大的野生动物。让大灰熊延续下去，对于人类将大有裨益，而我们要实现这样的目标，将需要多年在法律层面上对其进行保护。

我们需要一段为期数年的禁猎期。如果要保留一定的狩猎开放期，那么应该将其限制在两三个州，而且时间要短，但不能射杀带着幼仔的母大灰熊——在这样的例子中，幼仔也可能会被捕获，因此狩猎数量应该限制在一人只能捕猎一头。同时，还应该严禁使用钢夹、陷阱、毒药、弹簧伏击枪和猎犬等捕杀工具，禁止皮毛交易。

大多数大型动物都得到了数年的保护，而大灰熊却没有得到任何保护。大灰熊并不是坏家伙，人们对于它的那些主张都不公平，它却因为人们这样的误解而付出了沉重的代价。它就像危险的罪犯一样被视为威胁，屡屡遭到无情的追杀——一年四季，人们都带着猎枪、猎犬、马匹、钢夹和毒药不断追捕它，甚至追捕到其冬眠的巢穴将其猎杀，使得它根本没有逃生的机会。

在我们的童年时期，我们就接受了很多对于大灰熊的恐惧和偏见，而这种影响过于频繁而广泛。比如，母亲和保姆在抚育儿童的时候往往会这样说："要是你不听话，大灰熊就会来把你抓走！"尽管如此，如今人们正在获知这样的真相：大灰熊并不凶猛，不会吃人肉，它们在荒野中逃避人类，就像逃避瘟疫……

在《一个人在旷野》（A Man in the Open），波科克（Pocock）先生带着离奇有趣、具有讽刺的哲学性深入探究了大灰熊这一问题的真相。他说：

"大灰熊遭到猎人粗暴的对待，这样就使得它们对任何陌生人都有几分胆怯。它们的情感很混乱，它们的行为也常常很困惑，如果它们遭到射击，它们自然而然就会充满敌意，就像你我一样。它们遭到了误解，那就是因为没有人为大灰熊说好话的原因。"

其实，大灰熊堪称到处行走的捕鼠夹，很有价值。它们就像鸟儿一样，是害虫害兽的毁灭者，为我们的经济提供服务。对于它们吃掉的东西，它们是有害的——它们的食物部分由耗子、野兔、蚂蚁、蚱蜢和偏远处的动物尸体组成，而它们剩余的食物，则可以被认为对于人类价值很小或根本没有价值。

在科罗拉多南部，一头大灰熊从山上来到了一个牧场主的草甸上，并"像野猪一样将那里连根拔起"。于是，那个牧场主便拿起武器进行捕杀，终于在一天早晨射杀了那个入侵者。他对那头大灰熊的食物构成很好奇，想看看它究竟吃了些什么，便派人把当地的屠户请来，对大灰熊尸体进行解剖。结果他们发现，那头大灰熊的胃里露出了34只耗子、一只老鼠和一只野兔，此外还有其他东西。由此可见，它的食物主要是害虫害兽。

猎杀之下，大灰熊日渐稀少

其实，大灰熊很少捕杀人类饲养的牲口。一旦发生这种杀戮，那也只是某一头大灰熊所为，而非所有大灰熊的集体习性。也许在100头大灰熊当中，有99头从来不会去捕杀任何牲口或大型猎物。然而，当某一头大灰熊开始捕杀牲口，那么它也会以此为生，乐此不疲，如果它养成了这样的坏习惯，那么人们可以定点将它除掉。保护大灰熊，不会以牺牲牲口或大型动物为代价。

这些年来，在我漫游群山期间，我调查了超过14起大灰熊被指控屠杀牲口的案例。在一些例子中，根本找不到大灰熊靠近牲口尸体的痕迹，但旁边不乏其他动物的痕迹，无法确定罪犯。大灰熊造访了其中的 11 具尸体，其中有 6 头牲口是山狮杀戮的，一头是被有毒的植物毒死的，一头是狼群捕杀的，还有两头是山崩发生时被坠落的飞石砸死的。在第十一个案例中，在牲口尸体本身及其周边环境找不到任何决定性的证据，因而无法揭开导致那头牛的死因。从现场来看，丛林狼、狼、山狮、黑熊和大灰熊都先后吃过这具尸体，然而究竟是什么导致了这头牛的死亡呢？可能是闪电或疾病、狼或山狮，也有可能是猎人杀死了那头牛。因为很多猎人都不熟悉自然知识，往往对第一个移动的动物就慌忙开枪，结果造成了误杀。而唯一指向大灰熊的证据，则是根据现场情况推测出来的：它吃掉了一部分尸体。

我不是猎人，从来不猎杀野生动物。但是在狩猎产业中，大灰熊位居第一，猎人射杀大灰熊要比射杀任何其他动物——常常是所有大型动物，他会付出得更多。要追猎大灰熊，猎人们常常要花费 1000 美元到几千美元的资金。相比其他动物，他们狩猎大灰熊的工作将更辛苦，所耗费的时间也更长。

然而，随着大灰熊数量的日渐稀少，狩猎产业也正在走向尽头。不久之前，《星期六晚邮报》（*Saturday Evening Post*）上有文章称："几乎可以肯定地打赌，你绝不会在美国境内射杀一头大灰熊。目前只剩下少数，然而并不多，所有这些大灰熊都已经训练有素了，它们充满怀疑，且足智多谋，因此难以寻觅。"

如果继续狩猎大灰熊，那么大灰熊肯定需要立即得到某种保护。多年来,《户外生活》(*Outdoor Life*)的主编 J·A·麦圭尔(J. A. McGuire)先生一直在四处奔走,为立法保护大灰熊和正确理解大灰熊而进行不懈的努力。他看起来会获得成功。但是,在所有的州给予大灰熊适当的保护之前,在人们重写大灰熊的自然史和欣赏到它们真实的高价值之前,还有很多工作要做,还有很多路要走。作为猎人出身的博物学家,麦圭尔这样说:

"在这个时候,大灰熊正在逝去——人们发现,它目前的数量少得如此令人可悲可叹,它从我们中间离去也只是数年时间的问题——这个最崇高的动物物种提升了西部荒野的价值,但它就会从我们的群山中消失。作为狩猎的战利品,它的皮毛位居美国野生动物的榜首,因此世界各地的猎人都来到这里获取它的皮毛。除了在北美的西部,世界上的其他地方都不可能找到大灰熊,我们作为猎人出身的博物学家,应该保证做到不让这种死亡加速,而应该让它的生命延续下去,留给子孙后代。"

大灰熊从原来漫游的地方消失了

其实,在野外射击并不都是为了狩猎。猎人们在狩猎时,即便没有捕猎到大灰熊,他们也经常接纳了一种新的知识。他们还经常跟其他猎人、向导亲密地熟识,扩大了对人类本性的视野之后才回去,或者逐渐养成一种颇有价值的新的户外兴趣。因此,他们发现狩猎的意义,大灰熊不仅具有商业价值,还有一种更高的价值。

在大灰熊的山野家园，或甚至在那即是荒野之地的国家公园，任何看见大灰熊的人都会获得一种深刻的印象：这种动物的个性很突出，具有英雄般的体型、强劲有力的体格，但它一直都如此威严，也如此机警，以至于它的个性始终给你留下深刻的印象，让你久久难忘。这种卓越的动物及其所处的场景，常常会被人们想起。你会一次又一次对它和它的生活、它的邻居和它的领土感到惊奇。你所接受的兴趣可能会引导你重返大自然，重访它所生活的那些野性的、令人精神振奋的山地。

在黄石国家公园，当猎人停止捕猎的时候，大灰熊成了第一个发现自己可以安全现身的大型野生动物。原来即便是在远距离被人看见它们也显得特别胆怯，此时却率先意识到时代变了，人类停止了尝试射杀视野中的野生动物，在此过程中，它显现出了较高的智力、强烈的个性。而其他大型动物花了很长时间才获悉自己得到了保护，其中很多动物还依赖于以往的经验——很多年来，人类一旦接近，它们就会匆匆逃生。

国家公园正在改变人们的意识，培养人们对大灰熊的友好的兴趣，而人们对于大灰熊的价值的欣赏，也正在逐渐增长。但在目前，这种欣赏和观点还不够强大，如果没有正式立法来保护大灰熊，那么就还不足以能够保护它。

在过去的25年间，大灰熊数量明显大大减少了，因此大灰熊处于灭绝的危险之中。在加利福尼亚，大灰熊一度到处出没，现在却灭绝了。在所有其他的西部各州里，它也从广阔的地区消失了。在它依然残存的大多数地方，其数量也寥寥无几。

在美国境内的任何地方，大灰熊要坚持生存下去是令人怀疑的，除非在冰川国家公园，它才有休养生息的机会。而在黄石国家公园，人们以不同的方式来估计，大灰熊的数量为50～100头。但是，每年在公园内出生的幼仔却在公园外落入陷阱，在公园内安家的成年大灰熊偶尔也在公园边界线之外遭到射杀。而来自公园外面的大灰熊，其中一些每年搬迁到公园里面来生活，在维持大灰熊数量的正常平均值或略有增长，但这是令人怀疑的。目前，落基山国家公园有一些大灰熊，雷尼尔山公园（Mount Rainier Park）也有一些，四五个加拿大国家公园还有一些。阿拉斯加目前还是大灰熊的国度，但每年都有络绎不绝的猎人前去狩猎，从而阻止了大灰熊数量的增长，当然，在麦金利山国家公园（Mount McKinley National Park），由于保护得当，情况又另当别论。

因此，大灰熊需要立即得到保护，需要你用积极的兴趣来帮助它。它正在背水一战，正被无情的敌人团团围困。我们唯有保护它才能拯救它，才能使得它延续自己的生命。如果没有大灰熊，荒野便会枯燥无趣，峡谷和峭壁便会丧失动人的魅力。在大自然中，这个荒野的无冕之王赢得了它的一席之地，而这一席之地是其他动物都无法替代的。无论怎样，我们都需要大灰熊——荒野世界之王。

把大灰熊留在自然场景中

如果我们在美国各地实行为期数年的禁猎期，大灰熊的数量无疑会增长起来，到时候，在目前大灰熊稀少的一些地区，它们会再次来来往往。在大灰熊中间，始终有一些冒险者，它们会跋山涉水漫游到远方，寻找新的生活场景。这些探索的大灰熊，随着数量增长，可能会让这种动物在美国大地上得以重新分布。比如，俄勒冈西部的大灰熊就可以一路向南漫游，前往加利福尼亚，重新补充到那里的 4 个国家公园之中，据我所知，那些地方目前没有一头大灰熊。但是，要达成这一目的，我们需要立即停止捕杀大灰熊，并实行多年的禁猎期。

大灰熊的数量可能会迅速得到重新补充。我们可以在黄石公园中捕获一些大灰熊，运往其他国家公园，让它们在那里生活、繁衍。要是有一场为期数年的全面禁猎，对那些目前没有大灰熊的地区重新进行补充，就不成问题了。在对那些地区重新补充的过程中，动物园无法助以一臂之力——迄今为止，大灰熊还没有在禁锢中成功地繁育。

熟悉它将让人类对整个自然界产生活跃的兴趣，对自然史和大地上的自然资源产生兴趣。这些方面的知识，无疑会增加每个人的欢乐，为大家所用。

在学习自然史的时候，大灰熊有充分理由成为我们研究的第一种动物。对于它的兴趣，可以被用来激发对其他生物的兴趣。

就在开始对生物产生兴趣的时候，我们还会渴望去了解它的食物信息。土壤，直接或间接地产生了大地的整个食物供应链，因此追踪大灰熊会引导你去了解创造土壤的奇妙故事，以及它对于我们存在的那种几乎迷人的奇异的力量。

对于儿童，也许还对于成人，大灰熊具有成为伟大的户外最高精神追求者的特性。对它进一步熟悉的这一过程，本身就大有裨益，对于它的兴趣，会自然而然地延伸到它的荒野邻居，延伸到整个优美而宏伟的辽阔世界——在那里，它过着冒险的生活。

鹰，我们标志上的那种鸟儿，拥有高超的技艺——它高飞，勇闯风暴，探索天上的云彩风景，吸引了少数人的兴趣，而大灰熊却能激发很多人的思维和心灵。在大多数方面，大灰熊都能与鹰媲美作为标志性动物，在全世界内激发人们的自然兴趣，这一方面，它会超越所有的动物。

在我们的荒野之地和国家公园让大灰熊延续下去，它那吸引人的原始魔力重新充满荒野场景——激发探索的神来之笔。一个教员把那种探索称为了"最高的智力才能"，它具有创造性、新颖性又让人耳目一新。只要大灰熊还活着，那种探索就会一直存在下去。

单单是在艺术中，大灰熊就值得雕塑家为之去工作。它将有助于加快和形成任何了解它的人的创造力——艺术中英雄般的大灰熊。

在智力方面，大灰熊或许在动物榜上名列前茅。它仍在进化，它喜欢玩耍，它具有显著的个性，它是没有嗓音的最伟大的动物，"这种像人一样行走的动物"的故事始终吸引人，它是这片大陆上给人印象最深刻的动物，也是这个世界上具有优势的、最卓越的动物。